しびれる短歌

東 直子　穂村 弘
Higashi Naoko　Homura Hiroshi

東直子

★――ちくまプリマー新書
318

目次 ＊ Contents

まえがき……9

第一章　やっぱり基本は恋の歌……12
僕らの頭の中は「繁殖」と「恋」の二重性で混乱している／あえて女性の肉体を誇示した与謝野晶子はすごい／「している」自分の身体をモノとして見る苦さ／繁殖のために恋してるわけじゃないという意志が見える／脳内に溢れる相手に対する妄想／男の歌には後ろめたさや苦さがない／昔はもっと恋愛ばっかり詠んでいる人がいた／ものすごく美味しいものを紙皿で食べてるみたい／でもなんで、上から目線なんでしょうか／恋の歌と食欲の歌は混じる／何の欲をどれくらい恥ずかしいと思うか／食欲と性欲が重なる感じは男女差がないのかも

第二章　食べ物の歌には魔法がかかっている……46
食べ物は対人関係と結びつく／微妙な距離を測っている

第三章　いまがわかる！　家族の歌……61
優しい、可愛い、愛しい、母や妹／衰えた親をしみじみと見る／お父さんは謎の存在／脳内の思考が漏れ出ている／お父さんより娘のほうが大事／お母さんは怖かった／家族だから除菌しなくてもいい／マッチを擦らない世代、キッチンで何かを食べる母／妻が夫を詠んだものはすごい／夫婦の間で微妙にズレがある／実際には妹がいなくても歌を作っている／夫婦ってホラーだ

第四章　イメージを裏切る動物の歌……94
人間には計り知れない動物の世界／短歌には素敵バイアスがある／プロの歌人の歌には文体がある／奇想の歌というのもある

第五章　人生と神に触れる時間の歌……110
絶対に「LIVE」でしかない人生で／ふだんは見えない時間を感じるとき／夜中という時間に起こっていること／人生という時間を見る／積み重なった時間

が透けて見える／ある光景ある時間だけが記憶に残ることがある／その時間だけは私のものだったあなた／止まっていた時が動き出す／時計は覗くとはるかな宇宙が見える／「眠つてよいか」

第六章 豊かさと貧しさと屈折と、お金の歌……135
物質としてお金を睨みつける／大晦日にデニーズにいるのは貧しいのか豊かなのか／一筋縄ではいかない、リアル／衣食住は揃っているが地獄だ／突然デジタルになることで詩が生まれる／親の収入を超せない世代のリアル／なんかモヤッとする、それが短歌／なんでこんなにハイテンションなのか理解できない

第七章 いつか分からなくなるのかもしれない固有名詞の歌……160
皆が知らない固有名詞だと効果が発揮できない／具体名を出すことで強い歌になることもある／まとうイメージは時代で変わる／素敵バイアスのない世代の歌

第八章　表現の面白さだってある、トリッキーな歌……171
あかさたな、ちりぬるを／繰り返しとリズム／声に出して読まない短歌／文字を見ないと分からない／文法を乱す、言葉遣いを乱す／現実の出来事にロマンのフィルターをかけて／短歌って、なに？

付録一　歌人ってどうやってなるの？……195
短歌を作ることとイコール歌人になることではない／新人賞に出してみる／歌壇の話／歌集は自腹で出す？／誰に読まれるか、そこからなにが起きるか

付録二　真似っ子歌……209
東直子風短歌／穂村弘風短歌

あとがき……218

まえがき

短歌を作るのは楽しいけど、うまくいかないと苦しい。短歌を読むのは楽しいけど、慣れないと難しい。無条件に楽しいのは短歌について話すこと。というわけで、友だちの歌人、東直子さんとあれこれ語り合ってみました。口から飛び出してきたのは、昔から好きな歌、最近知って驚いた歌、感動した歌、なんか嫌だなあと思う歌、よくわからない歌などなど、例えばこんな作品です。

したあとの朝日はだるい　自転車に撤去予告の赤紙は揺れ　　**岡崎裕美子**

えっ、と思う。「したあと」の前に書かれた言葉が見えない。それは「朝日」が直視できないようなものだろうか。放置された「自転車」と自分の姿が重なって、虚しくて淋しくて悲しい。それなのに、何度も読んで味わいたくなるのが不思議だ。何かが心に沁みてくる。遠い町に住んでいる見知らぬあなたにも、そんな朝があったんですね。

箸立てにまだ立ててある妻の箸かたりと動く箸取るたびに　岩間啓二

「まだ」というたった二文字が、とても大きなものを伝えている。「妻」がどうなったのかは書かれていない。でも、〈私〉は生きている限り、ごはんを食べないわけにはいかないから。

家族の誰かが「自首 減刑」で検索をしていたパソコンまだ温かい　小坂井《こざかい》大輔《だいすけ》

父さんか母さんか兄貴か妹か、それともばあちゃんか、いったい誰が何をしたんだろう。「家族」なのに、「パソコン」だって共用なのに、一人一人の心の中はまったくわからない。

ほんとうはあなたは無呼吸症候群おしえないまま隣でねむる　鈴木美紀子

これは夜の話。でも、昼間は「あなた」と一緒にごはんを食べたりテレビを見て笑ったりしているのだろう。遠い昔、そんな二人が愛を誓い合った日があった。想像すると、しびれるなあ。

穂村弘

●僕らの頭の中は「繁殖」と「恋」の二重性で混乱している

穂村　「恋」ってことで言うと、我々は動物であり人間であるという二重性を意識せざるを得ない部分がありますね。
　動物レベルだと、恋とは要するに繁殖でしょ。繁殖しないと種が滅びちゃうから、それがインプットされている。だから、人間に発情期はないけれど、なんとなくある年齢を超えると発情するようにできているんですよね。でも、繁殖に関しては、主に女性の方にリミットがある。人生のうち、半分も繁殖できる期間がない。とすると、恋と繁殖はイコールではない、ということになる。

東　いまは昔と違って人生が長いから違うけど、平安時代は平均寿命が三十五歳くらいだったらしいから、十五、六歳で「繁殖」しておかないと子孫が残せなかった。早いですよね。

穂村　でも恋は繁殖できなくなった後もできる。まだ繁殖できない子どもの時だって、「○

○ちゃん、好き」というレベルでの恋もある。恋と繁殖はオーバーラップしているけど、完全には重ならない。

　恋のほうが自由な感じがするね。もしかしたら「恋」というのは人間だけの属性なのかもしれない。

　動物は繁殖した後で人間みたいに半世紀も生きたりしないし、繁殖したら食われちゃうこともあるし。

東　オスがメスにね（笑）。

穂村　そう。力尽きて死んでしまうこともある。動物は自分が生き続けることよりも種の保存の方が圧倒的に重視されている。人間も、より動物に近かった時代はそうだったはずだよね。現在の我々は、それが逆転してる。繁殖のテンションが落ちていて、逆に個人の生は大切なものになっているんじゃないかな。

東　それって長生きするようになったことと、リンクしてるのかな。

穂村　たぶん関係あるんじゃない？　社会の状況にともなって、世間の言うことだって変わってくる。あまりにも子どもが少なくなってくると、戦時中の「産めよ殖やせよ」みたいに、「繁殖最高！」みたいなアナウンスがされるんじゃない？

さらに大昔は、そこに政治的権力も絡んでくる。自分の子孫をたくさん残すというのが、政治闘争に勝つ方法でもあったから。

東　権力を持っている人は、側室を持てたしね。

穂村　僕らの頭の中は「繁殖」と「恋」の二重性で混乱している。動物としての身体が誰かを求めるというのと、頭の中の妄想も含めて精神的に誰かを求める、というのと。僕が貞操観念について考えた時に、一番初めに思いついた歌はこれ。

年下も外国人も知らないでこのまま朽ちてゆくのか、からだ　　岡崎裕美子

これは日本人の同い年か年上の人としかセックスの経験がないと言ってる歌です。愛がとても重要なもので、心と愛だけで我々が満たされて生きていけるならこんな発想にはならないでしょう。愛した人が何人かとか、年上か年下かも関係ないと思う。それに二十歳だったらこの発想にはならないと思う。「朽ちてゆくのか」という表現からわかるのは、詠み手がもう少し年をとっていること。繁殖する身体としても、異性を惹《ひ》きつける身体としてもこれからピークを下っていくと思った時に、いいのか、私はこのままでと思ったんだよね。外国

人や若い男を知らずにどんどん衰えていってもいいのか、と。だから「、からだ」なんだと思う。

こういう感覚にはけっこう性差があるような気がする。僕はすぐにはわからなかった。次の歌もそう。

幹に蜜ぬりつけかぶとむしを待つしずかな狩を今もしている　冨樫《とがし》由美子

これもブーンと飛んでくるかぶとむしみたいなものが男で、樹液を垂らす幹が女性の身体というイメージだと思うんだけど。来い来いかぶとむし来い、としずかに狙っているみたいな……。

東　この歌もそういう感じじゃない？

帰さないと言はれたことのない体埠頭の風にさらし写メ撮る　コーネル久美子

誰にも激しく求められたことのない体を自虐的に詠んだ歌です。冨樫さんの歌が男の人に求められる身体を詠んでるのと対照的ですよね。
男の人って、自分の体が異性に求められるか求められないかについて、あまり考えないでしょう。求められないことに対しての痛切な感覚というのは、男性にはないんじゃないかな。

穂村 だからかな、こういう歌はどれも怖いと感じるなぁ。

東 恋愛の歌で自分の肉体が主題になるというのは、女性ならではなのかも。与謝野晶子《よさのあきこ》の時代からそうだから。

穂村 黒髪がつやつやと長く美しいことが、若さと女性性の象徴みたいな。

東 乳房とかね。与謝野晶子の最初のほうの歌は多くがそうだよね。

髪五尺ときなば水にやはらかき少女《をとめ》ごころは秘めて放たじ 与謝野晶子
その子二十《はたち》櫛にながるる黒髪のおごりの春のうつくしきかな 同

髪が恋愛のシンボルだというのは、和歌の時代からそうなんだけどその流れを受けつつ描いている。

やは肌のあつき血汐にふれも見でさびしからずや道を説く君　与謝野晶子

これも似てますよね。恋の歌というよりセックスの歌。

穂村　岡崎さんのもセックスの歌ですよね。冨樫さんのも肉体主導の恋の歌ですね。それを狩という言い方をしていて、普通、狩というのは能動的なものなのだけれども、ワナを仕掛けてしずかに待っている。こんなのもあります。

ほろびる、としずかに声にだしてみるボディソープを泡立てながら　冨樫由美子

お風呂に入っていて、今は若さの絶頂だと感じながら、でもいつか必ず滅びると実感している。それを静かに声に出して言ってみるというのが、すごい。

●あえて女性の肉体を誇示した与謝野晶子はすごい

東　男の人の恋の歌で、肉体を詠んだ歌って思い浮かばないですね。

穂村　身体感覚がかなり鈍い気がするんだよね。

東　自分の肉体を性愛の歌として詠んだ男の人っているかなぁ。

穂村　うーん。思いつかないなぁ。

前に、女性が自分の体をどう意識するか、特にセックスの場面でどうか、というテーマで原稿を書いたことがあるんだけど、そこで与謝野晶子の歌を取り上げました。さっきのとも重なりますが。

罪おほき男こらせと肌きよく黒髪ながくつくられし我れ　与謝野晶子
やは肌のあつき血汐にふれも見でさびしからずや道を説く君　同
その子二十櫛《はたち》にながるる黒髪のおごりの春のうつくしきかな　同
春みじかし何に不滅《ふめつ》の命ぞとちからある乳を手にさぐらせぬ　同

この四首はみんな、見られる客体としての自分の若さや美しさを、異性に対しても怯《ひる》むこと無く誇示するっていう歌です。今読むと随分とハイテンションで過剰だなあと思うけれども、当時の日本は今とは全然違っていて、そういう状況じゃないわけでしょう。そもそも、こういうことを許さない社会だったというのがある。なのに敢えてこれを言うわけだから、与謝野晶子はすごい人だと思う。

東　明治三十四年ですからね。もちろん和歌には女性の性愛を謳《うた》うという伝統はあるけれども、もっと間接的な感じでしょう。

穂村　ずっと遡ると、王朝和歌の時代は、性愛に対するモラルが全然違うから。むしろ今よりも解放されている世界で、「後朝《きぬぎぬ》の別れ」とか、性愛がいろいろな美的な感覚と結びついてるんですよね。日本人もかつては（？）愛の芸術家だったんだなあと思うよね。誇り高い意識を持ちながら性愛の別れを惜しむという、メンタルの強さがあった。それが明治の頃、近代国家を成り立たせるための必要性からだと思うけど、処女性とか貞操観念とかをガチッとはめ込んじゃった。それを晶子が破りに行ったという構図かな。

東　この時代が一番キツかったでしょうね。江戸時代とかのほうが、ずっと大らかだったんじゃないかな。

●「している」自分の身体をモノとして見る苦さ

穂村　与謝野晶子からずいぶん時間がたって、現代の若い女性の歌を見ると、自分の体をモノとして見るという眼差しが強いと思う。

自転車に撤去予告の赤紙は揺れしたあとの朝日はだるい

岡崎裕美子

これは何をしたか書いてないけど、まあセックスをしたんだよね。徹夜のアルバイトもだるいけど（笑）。「自転車に撤去予告の赤紙は揺れ」という感じが、もうお前はクビだって言われたアルバイト人の感覚ではなくて、やはり彼からもう愛されていないという体感だと思う。徹夜明けで駅に向かって歩いている時に、赤紙が眩《まぶ》しく揺れていた。自分は、撤去予告された自転車と変わらないなぁというわけ。

愛の絶頂期であれば、徹夜でも朝日がだるいっていうのは幸福感の中で詠《うた》われるはずで、このどうしようもなさっていうのは、身体はまだ用があるけど、トータルな女性としては撤去予告された自転車と同じものだろうという感覚が、たぶんあるんですね。

愛がなくなったとかそれ自体は普通にあることで、その事実はまあしょうがないと思う。ただその時に自分と自転車を重ね合わせるという感覚が、今の女性のものだなあという気がする。

するときは球体関節、のわけもなく骨軋みたる今朝の通学　　野口あや子

これもさっきの歌とよく似てる。「したあとの」と同じで、「するときは」って何をするのか書いていないけど、やっぱりこれもセックスでしょう。しかも身体を折り曲げられる。生身の身体が球体関節の人形のわけもなく、痛いんだよ！　みたいな（笑）。無茶なことして！という歌だと思う。

即物性の中に、たぶん痛みの意識がある。女性の誇りをどこかで守ろうとしていて、人形じゃないぞ、生身の人間だぞという異議申立ての意識が、それが好きな人との行為であるということと非対称になって、提示されている。この年代の歌はどこか似ているよね。

もちあげたりもどされたりするふともももがみえる
せんぷうき
強でまわってる　　今橋愛

これも何をしているか一瞬わからないんだけど、よく考えるとセックスをしている歌です

ね。モノとして扱われている下半身を、上半身がすごく冷静に見ている。ここにも、なにか意識を遮断しようとしているような苦さがあると思う。どこか他人事《ひとごと》のように見ている感じでしょう。男は夢中なんだけど、自分の上半身は横を見て、扇風機があって、あ、強だ……みたいなことですよね。自分の体をモノとして扱われてるとき、人間としての意識を飛ばして、どこかで自分を扇風機と同化させている。

東　ドキュメンタリー映画を撮ってるみたい。

穂村　まったくそうだと思う。自転車、球体関節、扇風機……と、自分の身体をモノと同一視していて、どれも苦さがある。

彼女たちは最善じゃないと思ってるんだよね。愛の名のもとにそういう行為をしているから、最善じゃないけど受け入れて、だけど完全にハッピーではない……そういう苦さがあって、そこに誇り高さがある。

脱がし方不明な服を着るなってよく言われるよ　私はパズル　**古賀たかえ**

これはかなり開き直った態度の歌。男の、「脱がし方不明な服を着るな」みたいな無礼なセリフが、もちろん不愉快なんだけど、「もっと優しくして」なんて言うと逆に傷つくから、「私はパズル」と言い放つことで自分の誇りを保っている。

こんな男は自分にとって、もちろん最善じゃないわけです。第一、お前に脱がされるために着てるんじゃないという、ごくまっとうな気持ちもある。そういう主体と客体の闘いでしょう。

女性としては、おしゃれのために自分の好みの服を着ている。でもマッチョな男は、俺に脱がされるためにその服買ったんだよな……みたいに思っている。不愉快です。でも、好きな人に客体として求められること自体は、たぶん女性にとって嬉《うれ》しさがゼロではないんだよね。そのへんがめんどうなんだけど。とはいえこれは、無礼な男の言い分に対する、高度な異議申し立てだと思う。

●繁殖のために恋してるわけじゃないという意志が見える

東　こういう感じって、ここ十年くらいかなぁ。男に求められる身体を持つ自分、それがモノとして感じられて、なにか違う、これでは嫌だ、という感覚が意識されてくる、みたいな。

穂村　問題意識は、ずっとあったと思うけど。

東　でも、たとえば俵万智《たわらまち》さんは違ったでしょう。もっと前向きな感じ。
穂村　俵さんは年下の男に「お前」って呼ばれると嬉しいという作品世界だから。フェミニズムの人たちに、せっかくここまで頑張ってきたのに、なんであなたは全部崩してチャラにするわけ？　と言われた。
東　与謝野晶子の全肯定感を、俵さんが受け継いでいるのかな？
穂村　与謝野晶子の場合は、あれがあの当時の抵抗でもあったから、俵さんとはちょっと違うと思う。
東　俵さんは、女性は生まれた時から愛される存在であるみたいな、くったくなく女性性を肯定してる気がします。
穂村　主体と客体のズレの意識が薄いタイプなんじゃない？　たとえば道浦母都子《みちうらもとこ》さんのこんな歌があるんだけど。

全存在として抱かれいたるあかときのわれを天上の花と思わむ　　　　道浦母都子

主体も客体も突き抜けて幸せになっちゃう歌だよね。

東　道浦さんは、全共闘世代でフェミニズム運動をやってた人なんだけど、より女性らしいというか、女性性全肯定ですよね。与謝野晶子と方向性は同じなんだけど……。

穂村　やっぱり時代が違うから、外圧が違うんじゃないかな。女性性を全肯定する時のリスクが、与謝野晶子とは違う気がする。

東　与謝野晶子はすごく低い声で詠ってる感じだよね。道浦さんはカラカラと明るく詠ってる気がする。

穂村　こう思える人は幸福になれる理屈なはずだけどね。逆に、男と女の不公平な取り引きというか、関係性を詠ったものもある。

少女ゆえ恥じらうというセオリーを壊したくって目をあけていた　　岡崎裕美子

半世紀前になるけど、こんなのも。

灼きつくす口づけさへも目をあけてうけたる我をかなしみ給へ　　中城《なかじょう》ふみ子

それとはちょっと構造が違っているけれど。

体などくれてやるから君の持つ愛と名の付く全てをよこせ　岡崎裕美子
精神を残して全部あげたからわたしのことはさん付けで呼べ　野口あや子

野口さんのほうが後の世代の感覚だと思う。岡崎さんはまだ愛を欲しがっていて、「体などくれてやるから」って、口調は乱暴だけど、それで愛を求めているんだから、従来型の取り引きだよね。それに比べて野口さんは、もっと冷めている。もう愛と身体の取り引きなんて断念した歌で、僕はそっちの方が面白いと思う。あと、これ。

結論は射精すべてのかなしみはじわりわたしに戻りはじめる　伴風花《ばんふうか》

「結論は射精」。やっぱり恋愛を詠ってる時には、こういう苦さがどこかにあるんだよね。そのせいなのか、どこかで男女の駆け引きに絶望していた人が、子どもができると一気に気持ちがそっちに行って幸福になる、という流れがあるような気がする。

東　そっちに行けなかった人やそれを選ばなかった人もいるんじゃない？
穂村　うん。逆にどっちも行けた河野裕子《かわのゆうこ》みたいな人もいるけどね。
この歌は、結論が射精っていうのは、「繁殖」という意味ではもちろんそうでしょって感じだけど、そこに「恋」というファクターを重ね合わせると、繁殖のために恋してるわけじゃない、という意識が見える。そこがいいよね。

●脳内に溢れる相手に対する妄想

東　それと比べると男性の歌ってすごく能天気な気がする。

サキサキとセロリ噛《か》みいてあどけなき汝《なれ》を愛する理由はいらず　佐佐木幸綱

これってアイドル見て可愛いね、みたいな、そんな感じを受ける。
穂村　見守る感覚で無邪気に愛せるんだろうね。
東　この歌は、全然無邪気ではなくて、じっとりと暗い気持ちで眺めている、と取れなくもない。でも、無邪気であってもなくても、結局は同じなんだよね。サキサキという音で表現される相手に対する妄想というか。これはどう思いますか。

血と雨にワイシャツ濡れている無援ひとりへの愛うつくしくする　　岸上大作

穂村　なんというか思い入れがすごい。時代的にしょうがないとも言えるよね。

東　「血と雨にワイシャツ濡れている無援」への愛。それがあなたのことだって言われたら、ふつう女性は引きますね。

穂村　今の女性は引くよね。でも六〇年代のこの学生運動の時代には、嬉しいっていう人もいたんじゃないの。

東　そうかなあ。純愛として、僕の血を捧げるみたいなことに?

穂村　今の人は、このエネルギーが、マイナスに転化した時にどういうことになるかがわかっているからね。

東　考えてみれば当時はストーカーという言葉がなくてその概念がなかった時代だから、こういうのが文学的純愛だと感じたわけですね。暗い中にあなただけがひとつの明かりで……という気持ちは、純愛だと。でもそれに付き合うとえらい目にあうということが、実際にそういう目にあってなくても、今の若い人には情報として入ってきちゃってるから。これを今の二十代が作ったら、キモいとしか言われないでしょうね。

穂村　それはあなたの脳内の愛であり、美しさでしょう、っていうことになっちゃうからね。

東　寺山修司の歌も脳内っぽいんだけど、これはいいなって思う。

木や草の言葉でわれら愛すときズボンに木漏れ日がたまりおり　　寺山修司

二人だけの世界で会話してる感じがいい。人間のことばではないもので、僕たちは会話ができるんだよという、恋人同士の甘やかな世界観を示してるんじゃないかな。

穂村　光合成みたいな、静かな希望みたいなことも、ここにはあるよね。日があれば二人はそれだけで満ち足りている、みたいな。寺山の歌はあまりに言葉でできているからね。

東　岸上大作も寺山修司も、ふたりとも妄想ということでは同じだと思うんだけど……。

穂村　現実が見えている度合いが全く違っていると僕は思う。寺山の現実把握は鋭いでしょう。クールというか。結果的に作品世界のメタ度が違ってくる。寺山のは現実と戦うための作り物。岸上は悲しいほど本気だもんね。

●男の歌には後ろめたさや苦さがない

東　加藤治郎《じろう》さんは、男性だけど、身体を詠みこみますね。

鋭い声にすこし驚く　きみが上になるとき風にもまれゆく楡　　加藤治郎

さっきの扇風機の歌と似てるところがありますよね。あからさまに書かないけれどセックスだって匂わせるという、構成としては似ている。ここでは騎乗位になった彼女が風にもまれゆく楡《にれ》のようだという比喩になっている。これは女性の側に、思いもよらないものがあるってことなのかな。

穂村　でも主体は手放されてないから。自分が主体で、耳で驚いて、そして目では客体としての「きみ」の姿を見ている。

東　これも、カメラで撮ってる感じはあるんだけど、女性たちが背負ってたような苦さがないように思います。

穂村　苦い感じはあんまりないよね。

東　後ろめたさもないし、かと言ってすごく嬉しい感じもない。
穂村　この歌は表現としての構築意識が強いんだよね。そういう意識で詠われてるから、同じ文脈ではやや語りにくいところがある。塚本邦雄や寺山の歌もそうだけれども、表現を第一義にして、書いているから。
東　女性は、言語表現というよりはその時々に生まれる、ねじれた自意識の表出が歌になっている。
穂村　年下も外国人も知らないで……とか、かなりストレートだよね。経験しないと損だ、みたいな。これは貞操観念に対する反抗でもあるのかもしれないけれど。
それで思ったんだけど、徴兵された男性が、童貞のまま戦地に行くのはいやで出征する前に経験しようとする、という話があるよね。戦争で死ぬ前に自分の子どもを仕込んでいきたいという、そこまで即物的な話じゃないと思うけど。女性というものの大きな一面を見ることなく死ぬということに対する怖れというか……。女を知らずにというのは、身体を知らないっていう直接的なことだけじゃなくて、どういうものなのか知らないまま死ぬ、その恐れや絶望みたいなものがあるんじゃないかな。
それに比べると贅沢《ぜいたく》な悩みとも言えるよね。同い年以上の日本人だけでも知っているわけだから（笑）。

東　女の人を知らずに戦争で死ぬというのには同情しますけど。で、さっきの岡崎裕美子さんの「年下も外国人も」の歌は、歌としてもいい歌なんだろうか。

穂村　この贅沢な生ぬるさがいいんだよ（笑）。戦争に行くってことはギリギリだけど、でもそれは彼らが自分でギリギリにしたわけじゃないし、同じように、我々が自分で生ぬるく贅沢になったわけでもない。

東　でももっと、根本的な身体というものへの宿命的な実感があってもいいような。

穂村　身体は年上とか年下とか感じないと思うから、岡崎さんの歌では「脳が」感じてるんだよね。私の履歴の中に年下はいないな、とか金髪の男と経験せずに死んでいいのかな、とか。

東　これ、たとえば男が詠んだとしてもいい歌なの？

穂村　うーん。男だと、身体が朽ちていく感覚にそこまで説得力がないのかな。

東　老いる悲しみが男性にはそこまで切実でないのか。

穂村　うん。でもこんなのもある。

くちづけをしてくるる者あらば待つ二宮冬鳥七十七歳　二宮冬鳥《にのみやとうちょう》

このあたりまで来ると、男性もほろびが身に迫るんだよね。

●昔はもっと恋愛ばっかり詠んでいる人がいた

東　相良宏《さがらひろし》という大正一四年生まれの歌人がいます。彼は、同じように短歌を作る若い女性と同じ結核病棟に入っていて、その人に恋をしていた。先に女の人が亡くなって、それから自分も亡くなるんだけど。病棟で作られた歌が、すごく叙情的で。

微笑して死にたる君とききしときあはれ鋭き嫉妬がわきぬ　相良宏

白壁を隔てて病めるをとめらの或る時は脈をとりあふ声す　同

穂村　岸上大作とはまた違う雰囲気で、でも二首とも実体験の少なさや状況の困難が想像力を強化している。「脈をとりあふ」とかちょっとエロティックな表現なんだけど、その遠さが美しい。

読みゆきて会話が君の声となる本をとざしつ臥す胸の上　相良宏

東　この歌も、結核で自由がきかないからこその「君」の遠さが感覚としての美につながっていますよね。

こうやって見ると、恋愛というのは思いのほか、時代の影響を受けていますね。本能的な部分は変わらないんだろうけど、社会的に制約を受けることで、表現として出てくるものが変わってくることがあるような気がします。今は全面的に前向きになれないというか。若い人が出す歌集で一冊丸ごとバリバリ相聞歌《そうもんか》というのは減りましたね。恋愛ばかり詠んでいる人って少ないんじゃないかな。

●ものすごく美味《おい》しいものを紙皿で食べてるみたい

穂村　日本で自由恋愛が解禁になったのは、実際には八〇年代だと思うんだよね。七〇年代は『同棲《どうせい》時代』（上村一夫）なんてマンガがあったくらいで、まだ禁忌が強いでしょう。未婚の同棲は罪みたいな感じだったから。「付き合ってたらセックスは普通にする」みたいになったのは、八〇年代以降でしょう。

ということは、そういうことが自由になってまだ三十数年。それでやっと日本人がやや落ち着いたというか。今の若者たちには、僕らみたいに、解禁になったから、やるぞ！　とがっつくような、ハイテンションにはしゃいだ感じはないよね。

東　東京と地方の違いもありますよね。私は大阪だったから、まだ婚前旅行という言葉が生きていたし、結婚してないのにいっしょに旅行くなんて？　ヒソヒソ……というのがありましたよ。今は、付き合うイコールセックスする、だから。旅行に行くのを咎《とが》めるなんて、今じゃ考えられないでしょう。

穂村　今は、できちゃった婚が社会的事情によって認められるようになったからね。昔は恥ずかしいことだったけれども、今は大歓迎みたいになってる。さずかり婚とかいって。その辺も、社会の都合によるんだね。抑圧されてないからテンションが上がらないということもあるけれども、何でそうはしゃぐようなことなんですか？　みたいな感じでしょう。飢餓感がないというか。

たとえば、僕らがハーゲンダッツを食べるのと彼らが食べるのとでは違うし、僕らの父がバナナを食べるのと、僕らが食べるのでは違う。それが高嶺《たかね》の花だった者にとっては、いつまでも憧れがある。バナナにも、ハーゲンダッツにも、恋愛にも。

東　私たちの時代は、恋への夢とか憧れとかまだロマンがあったんだけど、恋愛があまりにもカジュアルになりすぎて、彼女たちにはもうそれがない感じですね。

穂村　そういう目で見ると、何だか逆に損じゃないの？　という感じもしてきてしまう。

東　ものすごく美味しいものを紙皿で食べてるみたいな気がしないでもない。せっかく自由なのに。八〇年代は、恋愛というものはもう少し良い皿に盛るというか、特別なことをしてる感が強かったと思う。それが「したあとの朝日はだるい」みたいになって。

穂村　いくらなんでも、放置自転車よりはいいものに喩《たと》えていたような気がするね。僕と同世代だと加藤さんの「風にもまれゆく楡」とか。ちょっといい感じにね。

●でもなんで、上から目線なんでしょうか

東　しかしその「いい感じ」に持っていこうとする感じがときには嫌だなぁとか思ったりもするんだけれど。たとえば、この歌。

指からめあふとき風の谿《たに》は見ゆひざのちからを抜いてごらんよ　**大辻隆弘**

穂村　うーん（笑）。

東　これもセックスと書かずにその行為を詠んでる。でもなんで、「ひざのちからを抜いてごらんよ」という、上から目線なんでしょうか（笑）。この意識が嫌だな。

穂村　そういうダメージが女性の側に積もり積もって、「せんぷうき　強でまわってる」になるのか。大正生まれの近藤芳美《よしみ》の歌はこういう感じ。

手を垂れてキスを待ち居し表情の幼きを恋ひ別れ来りぬ　　近藤芳美

東　みずみずしさがあって好きな歌ですが、やっぱり女の子に対する視線が勝手な感じがする。

穂村　庇護する意識の愛情かな。まあそうなるよね。当時の日本の感覚としたら、幼妻とか。

我前《まえ》に立つすなわち赤いブラウスのそれでいてあなたはずかしがりや　　村木道彦《みちひこ》

東　これはどうなの？
穂村　村木さんの愛の歌は、相手に対する気持ちよりもナルシシズムが優《まさ》っている気がする。
東　これがわかるような、わからないような……。「赤いブラウスのあなた」が衝撃的。赤い服を着ているあなたは、とても個性的ですごく挑戦的だったり挑発的だったりするという人物描写ですよね。でも、挑発的な格好をしているけど恥ずかしがり屋っていうのはどういうことなんだろう？　女性像がわからないんだよね。村木さんは歌がとても上手いから、何かひねってあるんじゃないかと思うんだけど、読んだままでいいのかな。赤いブラウスを着ていても、自分の前に立つとあなたは恥ずかしがり屋になる、ってこと？　そういうナルシシズムなのかな。
穂村　そこがいいんだけど、自己愛が強いから嫌だという見方もあるよね。

●恋の歌と食欲の歌は混じる

東　栗木《くりき》さんのこの歌は、時代を超えていいなと思う。

夜道ゆく君と手と手が触れ合ふたび我は清くも醜くもなる　　栗木京子

穂村　慎ましい愛の歌だよね。

東　ある真実をついている。清らかな気持ちもあり、手が触れると性欲的なことも刺激されるということで醜くなった気がするという。

穂村　恋と繁殖とを同時に詠んだ歌か。ただ、恋と繁殖という二分法も、今は弱まってるよね。肉欲が醜くて恋が美しいという発想自体がだいぶ昔のもので、今はもっとクールだと思う。性欲を醜いと思う必要もないし、逆に愛が崇高だとも思わなくなってるから、フラットにならざるをえないと思う。

東　性欲を伴わない愛はないと確定してるってことなのかな。妄想も性欲から来てるのかなぁ。そういえば、恋の歌をいろいろ集めてみておもしろいなと思ったのは、恋の歌の中に食欲の歌が混ざってること。たとえばこんなのです。

焼肉とグラタンが好きという少女よ私はあなたのお父さんが好き　　俵万智

焼肉とグラタンが好きというのは少女の食欲の部分で、それと後の「好き」は性的欲求の

「好き」なんですよね。

穂村　これは、じつは初案は「焼肉と漫画」だったそうです。それをわざわざ「グラタン」という食べ物にしたわけだから、あえてえぐくしてるよね。

東　そうか。グラタンがさらにえぐさを増して、全体がぐっと性的になったんだね。焼肉と漫画だと普通だけど、グラタンとすることで、その質感が生々しくて怖ろしくなる。

穂村　背後には少女にごはんを作る母の存在が隠れている。そこもこわいよね。

東　言語感覚がすごい。俵さんの歌ってわかりにくいところはなくて、一瞬で理解できる。わからないことを詠ってないから、自分にも出来るんじゃないかと思いがちなんだけれども、同じようには絶対に出来ない。この歌もそう。食欲と性的欲求の結びつき方の絶妙さ。対して、この歌はどうですか。

ただひとつ惜しみて置きし白桃《しろもも》のゆたけきを吾《われ》は食ひをはりけり　　斎藤茂吉

穂村　茂吉のこれも、かなり性的な書き方をしてますよね。

東　女性を愛するように桃を愛する。茂吉って食べるのが好きだった人だから、本心から、桃を食べる感じとセックスする感じが似てたんじゃないかと思う。

穂村　そうね、ありがたい、ありがたいって言いながら食べたりしてそうだよね（笑）。

●何の欲をどれくらい恥ずかしいと思うか

東　食欲と排泄《はいせつ》欲と性欲はリンクするんじゃないかと思う。

穂村　どうなのかなぁ。食欲と排泄欲は入ると出るだからリンクするのかな。

東　たとえばこの歌は、排泄が再生するみたいなことかなぁと思うんです。

音たかく尿《ゆまり》放てば熊野川われより生《あ》るる川かと思ふ　　小谷陽子

食べ物はよく出てくるけど、食べている行為を詠んだ歌は意外と少なかったですね。

穂村　欲望ってことでいうと、こういう歌もある。

冷蔵庫開けて食べ物探すときその目をだれにも見られたくない　　平岡あみ

思春期の歌だからね。何の欲をどれくらい恥ずかしいと思うかということは、年齢差や時代差や性差があるような気がする。彼女は、飢えた目をしてるのを見られたくないわけだ。

スカートをはいて鰻を食べたいと施設の廊下に夢が貼られる　　安西洋子

これは多分、老人の施設でしょう。「スカートをはいて鰻を食べたい」というのが、とてつもなくて、身に迫る。おばあさんの、何欲といったらいいのかわからないけど、欲望ですよね。女であることを確認するというのもあるんだと思うけど、スカートと鰻が並列されるところがすごい。想像では書けないという気がする。「おしゃれしておいしいものを食べたい」ではだめなんだ。

東　この人の中ではスカートが女性性の象徴なんですね。

●食欲と性欲が重なる感じは男女差がないのかも

東　食べることが性的な感じを思わせる、というのでは、こういう歌があります。

鳩サブレは絶対くちびるから食べる。くちびるじゃなくってくちばしか　佐藤友美

好きな人を食べたいとか、食べちゃいたいくらい可愛いとかいうのは、昔からあるでしょう。もうひとつ。

ピーナッツバターに襲われる夢を見てピーナッツバターを嫌いになった　山上秋恵

これも少し性的な気がする。ピーナッツバターに襲われるの、やだなぁ（笑）。深層心理っぽい。なんというか、性的恐れみたいなものを感じます。ゼリーに襲われたら、ゼリーを好きになりそうなんだけど（笑）。食欲と性欲が重なる感じは男女差がないのかも。

穂村　ゼリーはいいのか。この歌なんかも、一瞬ドキッとするよね。

我もまた季節限定品と書いてあるチョコレートに手を伸ばす　杉田菜穂

「季節限定品」の「チョコレート」を食べるんだけれど、「我もまた季節限定品」なのかと

錯覚する。
こういうのもある。

「海老はまだ動いている」と包丁を我に握らせ妻は消えたり　松本秀三郎

あとはお前がやれっていうことだよね。言い方が秀逸だと思う。「海老はまだ動いている」っていう言い方がすべて。シチュエーションをつまらなく言うことはいくらでもできるから。

東　「生きてる」にしたら台無し。「まだ動いている」がいいんですね。

箸立てにまだ立ててある妻の箸かたりと動く箸取るたびに　岩間啓二

穂村　「まだ」の二文字で妻がもういないというのがわかる。
　彼は妻の箸を片付けることができない。でもそこにあればいつも妻を思って寂しくなってしまう。そういうことでしょう。ただ箸が動くと書いてあるだけで、直接的な感情の記述はないのに、それが表現されているのがいい。まあ、箸がその人の分身という感覚も現代では薄まってるかもしれないけど。

東　昔は、箸はご飯に刺して、遺体と一緒に焼いてました。だから残ってなかった。箸は呪術性を持ってますよね。そういう力を感じさせる。食べ物まわりって生命と直結することだから。死んじゃうと食べられないし。「飲食《おんじき》をせぬ妻とゐて冬籠」という森澄雄さんの俳句を思い出します。「妻」が亡くなってから詠んだ俳句なんです。

穂村　もうひとつ、さっきの平岡さんの歌。

とんかつを猛スピードで食べてみせすごいなぁと祖父に言わせる　**平岡あみ**

冷蔵庫を開けてる時の目は見られたくないのに、とんかつは猛スピードでいけるのが面白い。

第二章　食べ物の歌には魔法がかかっている

●食べ物は対人関係と結びつく

東　食べ物は身体に摂取するものだから、下手すると死に直結するものでもあるし、食べ物を共有することで家族になるっていうのがあるよね。家族でなくても、同じ釜の飯とか、信頼関係と結びつくから、人間関係の複雑さを面白く引き出しもする。

穂村　うん。食べ物は対人関係と結びつくよね、典型は家族。胃袋をつかむとか同じ釜の飯とかなんとなく気持ち悪く感じるんだけどね。

東　でも日本の儀式というのは必ず食べ物と結びついてますよね。お祝い事では一緒にご飯を食べるし。お葬式の時もお通夜の時にはなぜか寿司が出たりしますよね。

穂村　尾頭付き、赤飯、直会《なおらい》、精進落し、三三九度……。

東　お見合いとか。

穂村　バレンタインに恵方《えほう》巻きに……。結納も食べ物？

東　するめと昆布を食べましたよ。家族といえばこの歌はどうですか。

同棲をしたいと切り出す妹の納豆の糸光る食卓　鯨井可菜子《くじらいかなこ》

妹に恋人ができることに対して少し引っかかりがある感じが、日常の中から引き出されている。納豆がいい。「糸光る」と表現することでニュートラルな感じにしている。

穂村　緊迫したシーンに立ち会った姉の歌。納豆のある朝食はいわゆる昭和的な家庭のイメージで、姉はここではニュートラルな立ち位置ですよね。妹が同棲しようがどうしようが姉としては関係はないが、両親的にはそうではなくて。これが結婚でないことで緊迫感の種類が変わってくるという。結婚も一大事だけれど、どちらかというと単純な祝福かダメならダメ、だけど、同棲だと微妙な感じ。世代によって同棲に対する見方は違うよね。

東　今の若い人たちだとそれほど大したことじゃないんでしょう。でも親と同居しているので、同棲するにあたってちゃんと報告しないといけないし、かといって結婚とは違って正式に時間をとって言うわけでもなく。朝ごはんの時にさらっと言って許可をとっておこうというくらいのスタンスなんじゃないかな。

穂村　これが結婚でないことがこの歌を面白くしている。独特の決意感があって、それに対して納豆というのは家族の絡み合い、そこから離脱するのに力がいるということを表してて。

東　なぜ、この心地よい一家を出てお前は行くのか……という両親の気持ちが透けて見えるのがいい。

穂村　本当に「切り出す」という感じだったら何も食べずに、お父さん、お母さん……と言うことになっていると思う。でもそうじゃない朝の空気感もいい。

東　ほかにもいろんな食べ物はあっただろうけれども納豆の糸だけで微妙な気持ちを表しているのはすごく上手いと思います。

次はちょっと変な歌ですが、これは本当に蛇を食べてたってこと？

「今お前食べてるそれは蛇だよ」と言いし男が今の夫《つま》なり　　斎藤清美

穂村　例えば鰻《うなぎ》とかを食べている時に、意味の分からない冗談を言ってきたのかなあ。そういう人っているじゃない。この歌の面白さは、なのに今の夫なりという、何だ、結婚したのか、というところだよね。

東　からかってそういうこと言う人だったのね。

穂村　これが短歌として成立しているのは、ねじれてるからなんだよね。変なことを言われたのに、今は夫であるという。人間関係は単純ではない、ということでもある。他のところでは気が合ったのかもしれないし、そういうことを言う人がこの人は好きだったのかもしれないし。

東　皆が美味《うま》い美味いと食べているけれども、本当はそれ蛇なんだけど……と本当のことを言ってくれたのかもしれないよね（笑）。

穂村　あ、真実なのね。食べ物ってそれを取り込むことでその人が出来上がることだから、食べ物に支配される感じがある。

わたくしの料理を食べなくなってから子に魔法はかかりにくくなり　風花雫《かざはなしずく》

実際には親離れする時期だったということにすぎないとも言えるんだけれども、それを母親の主観から見るとこんなふうになっていて、面白いのは、わたしの料理を食べなくなってからだという捉え方と、子が言うことを聞かなくなったではなくて、魔法がかかりにくくなったと表現しているところ。ママの言うことを聞く魔法がもうかからなくなったのは、私の料理ではなくマクドナルドを食べてるせいだ、とか。

東　少し、ママ意識の嫌な感じも出ている。

穂村　自覚しているからこういう言い方をしているんだと思うけどね。子どもへの愛情と支配の関係というか。魔法が強くかかりすぎると永遠にママの魔法の圏内にいるキモい子に(笑)。

東　困るよね。

穂村　だから僕はこの歌が好き。

冷や飯につめたい卵かけて食べ子どもと呼ばれる戦士であった　雪舟《ゆきふね》えま

これって一時的にか永続的にか親がいない状態だと思う。子どもだけで自分のご飯をどうにかしなくちゃいけないというシチュエーションになった時に、子どもの料理スキルはすごく低いから、それでできる限界のことが冷や飯に卵をかけることだったという。これは大人はやらないと思う。せめてご飯は温めるよね。でもスキルがなくてここには独特のみなしご感というか、単に親が出払っているだけという可能性が現実には高いけれども、その不味《まず》そうなものを食べることを子どもと呼ばれる戦士であった、というサバイバル感に結びつけている。それが面白いなと思う。

東　雪舟さんは、少女とか子どもとか弱い男の人とか、そういうちょっとメンタル的にも身体的にも弱い立場の人を応援するみたいなところがある。これもまたそういう無力な子どもたちが勇ましく生きるという意味で、戦士という言葉がすごく効いていますよね。そんなことしかできない子どもに対して、賞賛を与えているというか。

穂村　時間を少し遡れば、戦争孤児みたいな子どもたちが靴磨きしてサバイバルするみたいなこともあった。

東　これはたまたま親がでかけていてというくらいだと思うけど。

穂村　うん。

東　火を使えない子どもが最大限のご馳走《ちそう》として卵をかける。

穂村　火を使うより卵を割るほうができたんだね。

東　「冷や飯」にさらに卵が「つめたい」ということを書いてるところがミソだよね。卵ごはんを食べて……とかじゃ全然この感じが出ない。

●微妙な距離を測っている

かへりみちひとりラーメン食ふことをたのしみとして君とわかれき　大松達知《おおまつたつはる》

穂村　大松さんの歌も面白いよね。
東　現代っぽい感じがする。
穂村　一人で食べる方がよりのびのびと食べられるってことだよね。私とラーメンとどっちが大事なの？　って（笑）。もちろん君だけど時々ラーメンみたいな。そこに変なリアリティがある。
東　すごく正直な感じがする。でもなかなか恋愛を詠むということでこういう切り口では書かなかったよね。この辺の世代から変わってくるんだよね。恋愛が客観的というか少し冷静な感じに。
穂村　ラーメンという微妙さがおかしい。
東　事実っぽい。

穂村　牛丼だと少し行き過ぎで、フレンチとかイタリアンとかなら一緒に行くだろうという感じだし。

東　皆で食べると美味《おい》しいね、みたいなのは一般的だけど、一人で食べた方が気楽でいいっていうものもあるよね。新しい切り口があってさりげないけれど、新鮮な気持ちになったな。君よりもこっちの方が楽しいというのは、じゃあ君のことは好きじゃないんじゃん、とちょっと冷たい感じがするけれども、これはそういう感じになってない。君は君で大事に思ってるというのが伝わってくるのが面白い。女子の場合、君と別れてから何かを楽しみにするっていうのあるかなぁ。男の人はこういうふうに一人で何かすることが楽しい。フィギュアを集めたりとか、ある種のオタク感だよね。女子は恋愛するとそこに集中しちゃう。

穂村　腐女子《ふじょし》系の人とかあるんじゃやない。自分だけの一人の世界みたいなものの位置づけというか。

東　そういえば、マンガで、古典にハマって『源氏物語』の研究をしていた人が、結婚して家事はちゃんとするんだけど夜中に起きてずっと研究していたくてそれで倒れちゃったというのがあって、奥さんよりも何よりもこういうことをしたかったんだなぁと旦那がぽつっと言うというのがあったけど。一人の自分の好きな世界というのは恋愛感情とは違う、別腹として大事にしたいというのはあるよね。
穂村　一人旅が好きとかね。さらに登山なんかだと家族と敵対関係になるから。どんどんエベレストにも登るみたいになっていけば、奥さんからしたら夫を殺すかもしれない、とても危険な場所に行ってしまうことになる。登山ってなかなかやめられないみたいだけどね。あと、知り合いのカメラマンがめちゃめちゃカブトムシに凝っていて、カブトムシのための部屋が必要で、大量のカブトムシが家にいるというのも微妙かなと思った。
東　ラーメンを一人で食べるくらいなら良いよね。

底暗くぐらぐら何を煮込めるか分からぬが怖い人んちのシチュー　村田一広

穂村　人んちが怖いっていうことだよね。さっきお雑煮の話をしていたんだけれど、お雑煮の中にあんこの入ったのが地方によってはあるんでしょう。知らずに食べたらかなりのカルチャーショックだよね。
東　事前に教えておいてくれないと、困るね。
穂村　外国だったらそういうものなのかなって思うけど、お雑煮なんてセレモニー感が強いから自分の家のお雑煮に生まれてから二十何年も馴染《なじ》んで突然全然別種のものを食べるとあまりに違うとショックを受けるというのはあるよね。これはシチューというのがミソで、原料がわからないのと、澄んだものじゃないから、見ても分からず、食べても分からず、俺は何を食べてるんだ?!　という感じ。自分ちと人んちのギャップね。

東　大松さんにも大根をこの町の人と分け合う「この町の見知らぬ人と一本の大根の上下分け合ひ暮らす」という歌があります。

穂村　同じ大根がそこでは全く違う姿になっている可能性があるということだよね。

東　最近は切って売られているから。昭和の八百屋さんは切ってなかったよね。

確実に甘いみかんを引き当てて酸っぱいのだけ食うてたおかん　　羹昌浩

中を食べずに甘いのを引き当てて人に分けてた。で、自分は酸っぱいのを選んで食べてた。そのおかんの神通力。

穂村　みかん、おかんって韻を踏んでる。

東　みかんというのは、ほかの果物とは全く違う立ち位置というか、独特な食べ物だよね。

他の果物とは全然違う。
穂村　昭和の人ほどそう感じるんじゃないかな。それに、昔は酸っぱいのと甘いのとちょっとぶれがあった。
東　それが今だとあまりみかんの差がないっていう意味でも、これはちょっと昔の人の作品なんだろうね。冬になると、みかんというのは冬になるといつも家にあるもの。
穂村　段ボールの中に入っている。
東　その一部がこたつの上にいつも置いてある。なんぼでも食べていいという。昔は甘いお菓子はそんなになかったから冬の一番のおやつだった。

あかるくて冷たい月の裏側よ冷蔵庫でも苺は腐る　　平岡直子

これはちょっと難しい歌ですが、穂村さんは、どういうふうに読みますか？
穂村　時間の流れは止められないという感じなのかな。食べ物に関しては、冷蔵庫は時間の流れを遅らせる装置といった面があって、冷凍睡眠させて、永久に保存できるような意識がある。でも、それはやっぱり錯覚なんだと気づくという。やはり現代の歌だと思う。この苺はわれわれなんじゃないかという感じもする。さまざまな装置によって、時間を自由にできるような感覚で生きているけれど、それは錯覚だと、あるとき気づいたとか。

東　あかるくて冷たい冷蔵庫と月の裏側を対比させて、月の裏側に永遠の世界があって、現実の冷蔵庫の中は、永遠のようで永遠ではないということかなと思った。

穂村　なるほど。

真イワシの手びらきスプラッタ・ショーのあと急にあどけなくなる会話　北川草子《そうこ》

東　イワシって身がやわらかいから、包丁じゃなくて手で裂くんです。手でお腹を裂いて、内臓をにゅっと引っ張り出すという、ワイルドな調理法で、その作業をした後にあどけなくなるという。

穂村　どうしてあどけなくなるんだろう。

東　残虐なことをやっているけど、それは食事をするためで、でも、やってはいけないことをやったようなことからくる照れみたいなものじゃないかと思う。この感じ、なんだか共感するんだけど。

穂村　下の句がいいなと思うけど、なぜあどけなくなるのかつかめそうでつかみきれない。

東　照れと、あと「急に」がポイントで、夢中で手びらきしたあと、突然我に返る感じ。周りが内臓と血だらけになっていて、ちょっと怖い。特殊な共通の体験をしたあとの静かな連帯感。それについては、「スプラッタ・ショー」と表現して直接ふれず、ハッとして、ちょっとあどけなくなる。

穂村　そうか。子どもっぽくなる？

東　素朴になるっていうか。

穂村　イノセントな感じかな。生命の本質に近い作業をしたから、より素朴になったぐらいの。

東　そうですね。ちょっと命の原点に戻った感じの、原始的生活を共有した感じかな。と同時に、やっぱり何か残酷なものも一緒に経験したような、戦場をくぐり抜けたような、そういうものと両方あって、何か妙な感じがしたっていうことじゃないかな。

穂村　なるほどね。

東　それを、「スプラッタ・ショー」っていう言葉を持ってきて表現したのが、うまいなと思う。

入学式好きな食べ物レモンだと言いしあのこの訃報を聞きぬ　　　モ花

穂村　好きな食べ物がレモンだと言った人には会ったことがないんだけど、その理由はやっぱりレモンはそれ単体で食べるイメージがあんまりないからだよね。入学式の自己紹介とか知り合ったばかりの人に、好きな食べ物はレモンだって言うときの、自意識みたいなものがあるような気がして、そこに何かすごく若さを感じる。そして、この訃報は、何十年もあとではなくて、まだ若いうちの訃報なんじゃないかと思う。

東　そういう気がする。

穂村　死によって若さが永遠のものになってしまったという歌だと思うけど、その若さというものの象徴として、入学式に好きな食べ物がレモンだって言ったというのも妙に印象的。

東　何か悲しさがある。レモンには若さとか青春性とかさわやかな印象だけど、栄養になるとか、身につくとか、生命に結びつかない感じだよね。そういう薄命感が出ている。

飼いていし兎を「今夜食べるぞ」と取り上げし父　今、墓にいる　　　**岡崎裕美子**

これと構造が似てると思う。

穂村　父親に対して厳しい感じがする。

東　怒りと悲しみがあるよね。その人の生きていた姿を思い出す時、食べ物の嗜好《しこう》が思い出されて、不思議な感触が生まれる。好きな服や好きな映画と違って、食べ物は命を維持するためのものだから。食べる方法も、その人の命と結びついて、妙に目に焼きついていたりする。

第三章　いまがわかる！　家族の歌

●優しい、可愛い、愛しい、母や妹

東　家族の歌を探してみて感じたのは、母の歌が多いなということ。子どもが母を詠《よ》んだものが多かった。母の優しいイメージや懐かしさ、男の子が女親に向けるちょっと特別な思慕といった、いいイメージを謳ったものと、反対に、そういう一般的な母のイメージを裏切る形で描くというものとに分かれるように感じました。そのグラデーションの中で出来た歌が多いという印象かな。妹と兄とかでもそうかもしれない。
でも近代だと、大体固定化された母や妹のイメージで描かれていることが多いような気がします。

いもうとの小さき歩みいそがせて千代紙かひに行く月夜かな　　木下利玄

木下利玄は近代に活躍した歌人で、兄弟がおそらくたくさんいて、お兄ちゃんと妹の歳が離れていたんだと思うんです。小さい妹を、庇護《ひご》すべき可愛らしい存在として見ている。妹のイメージを裏切らない愛らしい一首ですよね。

穂村　月の夜に千代紙が買えたんだねぇ。

東　夜も開いていたんじゃない。

穂村　それがちょっと夢の中みたい。役に立つものじゃないものを夜わざわざ買いに行くというのが、夢のような童話のような、そういう雰囲気を作り出している気がするな。

東　そう、童話的な感じ。アイテムが、千代紙と月夜と、そこに小さい妹だから、妹もそういう可愛らしいアイテムのひとつみたいな感じですよね。

穂村　あと、典型的なイメージということで言うと、こういう歌もあります。

母の日傘のたもつひめやかなる翳にとらはれてゐしとほき夏の日　　大塚寅彦《とらひこ》

東　母と日傘っていかにもっていう感じですよね。母が日傘を持っているっていうのは名画にもありますけど、何かこう、ノスタルジーを掻《か》き立てて、ある種の普遍的な母のイメージですね。もっとも大塚さんの歌の場合は、古典的な母のイメージの中にもほのかな官能性を醸し出しているんじゃないかと思うんですけど。

穂村　日傘の中にいるということを、「翳《かげ》にとらはれてゐ」るという言い方をしているから、守られていると同時に支配下にあるというイメージがあるよね。で、そのことに反発しているというのではなくて、うっとりしている。

東　そうですね、うっとり系ですね。

穂村　この辺は、個人としての母というよりも、我々が持つ母なるものの像にかなり合致しているのかなぁと。

東　たしかに「母なるもの」として刷り込まれている人物像ですね。

●衰えた親をしみじみと見る

穂村　昔はやっぱりイメージが固定化されていて、お母さんはいいものという見方が主流だったけど、最近は「毒親」みたいな言葉もできて、お母さん許さない、みたいな歌も増えつつあるよね。

あと、高齢の親を詠む歌は増えましたね。介護的な歌とか、親がボケちゃっている歌というのは本当に増えた。昔はそういうことがあっても歌にしなかったのかもしれないけれど。

東　昔は、親がものすごく高齢になるまでは生きていなかったというのもあるかも。これだけ長生きして皆が介護するようになるとは思わなかったでしょう。みんながそうだから、普遍性を持ちますよね。

穂村　富小路《とみのこうじ》さんの歌はそういう感じ？

衰へてやさしき父と火に寄りてはにかむ如し共にもだせば　　富小路禎子《よしこ》

東　富小路禎子さんは、もともとは貴族階級の人で、戦後平民となってわりと生活が大変だったみたいなんですよね。だから、昔は非常に威張っていた、勢いのあった父親の記憶というのがあるんだと思うんです。それが年をとって、身分もお金もなくなった父。その父がただ黙って火にすがって二人きりで過ごしていると、はにかんでいるようだという、しみじみとした歌ですよね。

穂村　多分、衰えたから優しくなったんだよね。元気な頃は怖い父親だったという可能性が高くて、特に男性の場合、衰えと優しさはどこかでつながっていて、そのことをある複雑な気持ちで受け止めている。
東　これも同じ感じですかね。

たましひに着る服なくて醒めぎはに父は怯えぬ梅雨寒のいへ　米川千嘉子《ちかこ》

年老いた父なんだけれど、ただ富小路さんの家ほどはお父さんが怖いわけではないのかなと。お父さんに対する愛情があって、それゆえの今の状態の切なさみたいな感じかなと思います。まだこれは生きている状態だよね？　なのに、もう魂とか言っているけれど。上の句では亡くなったお父さんの魂に着せる服というイメージなんだけど、下の句をよく見ると、あれ、まだ生きているんだと気づく。
穂村　「醒めぎは」だからね。
東　でも一瞬、自分の夢の中で見ていた父が怯えていたと読めなくもないよね。もうお父さんという魂がむき出しになってしまって、それに着せてあげる服は私にはもう準備できないという。自分の無力感に対する切なさみたいなものがあるんですよね。
穂村　小島さんのは衰えた母の歌だよね。

もろもろの愛憎はもうどうでもよし小さくなりたる母ふたりあり　小島ゆかり

東　「母ふたりあり」というのは、自分の実の母と旦那さんのお母さん。つまり今、二人を同時に介護しているんですね。いろんなことがあったけれど、もうどっちもかなり弱っている。義理の母は、痴呆《ちほう》がかなり進んだ状態だったみたいなんです、歌集を読むと。それで、これだけ小さく衰えていくと、愛が深かったことや、反転して憎しみもあったことも、もう何もかもどうでもよくなったという。いろいろあったけれども、もうどうでもよくなった。ただ、ひとつの小さな命として二人の母を見ている、ということですよね。義理の母も実の母も一緒に見ている。こういう境地にまで至るのかと思うと、感慨深いものがありますね。

●お父さんは謎の存在

穂村　お母さんに対してお父さんのほうが、やっぱりある世代までは微妙に距離がある。こんな歌があります。

はたとせのむかしなれども水風呂に低く唱へる父といふ謎　小池光

なんか、分からなさがあるというか。普通のお風呂じゃなくて水風呂っていうところが謎を深めている。普通のあったかいお風呂に入って、〜いい湯だな〜とか歌っていたら、それはたいして謎じゃないでしょう。でもここでは、何を唱えているのか分からない、それも水風呂に入っているというところで、なにか父の暗さみたいなものが表現されているんじゃないかと思う。

東　小池さんは一貫して父の謎とか暗さを詠んでいますよね。小池さんのお父さんは直木賞作家の大池唯雄《おおいけただお》さんなんですが、その父親に対する複雑な思いというのがずっとあったみたいで、大雪の夜に孔雀《くじゃく》を食べたいと言い出した父をおそれるという歌もあります。

死ぬまへに孔雀を食はむと言ひ出でし大雪の夜の父を怖るる　小池光

一貫して父親を、得体の知れない感じを持つものとして、対峙《たいじ》している存在として描いていますよね。

小池さんが歌を始めた時には、お父さんは亡くなっていたのかな。もう死んでしまった父を回想するという歌が多かったような印象があります。

穂村　やっぱり戦前生まれの父だよね、この感じは。戦後民主主義教育で育ったという雰囲気じゃないね。

東　男の人は何をしても許されていたというのがあったから。だれも咎《とが》めなかったゆえに謎を残している、という気がちょっとしますよね。

穂村　昔から海という字の中に母があるっていうのはあります。

「――海よ、僕らの使ふ文字では、お前の中に母がゐる。そして母よ、仏蘭西人の言葉では、あなたの中に海がある」（『測量船』三好達治「郷愁」）

では父は、というと。

さびしくて絵本を膝にひろげれば斧といふ字に父をみつけた　　大村陽子

海は母なるイメージで、斧《おの》には父があるという。まあたしかに、斧はどう見ても男性的なものだから。

東　海に母、父に斧というのが発見で、大村さんはいろいろとお父さんのことを書いていますが、決していいようには書いていないんですね。なにか確執があったみたい。これはその確執をほのめかす名歌なんです。膝に広げているのも絵本だから、自分が幼いころに満たされなかった思いが下の句に籠《こ》められている気がします。この歌は、紹介すると学生にも受けがいいです。まず斧という字に父があるという発見に惹《ひ》かれて、しかも共感するというところがあると思う。

穂村　この歌にも父親への複雑な思いが……。

父の撒くポップコーンを鳩が食ふついでに父も食はれてしまへ　　大村陽子

東　父への憎悪がむき出しですが、軽くあつかっているものに逆襲されてしまえという、自分の立場も投影しているんでしょうね。

●脳内の思考が漏れ出ている

穂村　家族の歌を今見たけれど、これらはみんなちょっと前の歌なんですよね。登場人物の親が戦前生まれだったりするし、昭和の家族観かなぁと思います。次のは最近の歌で、これを見ると、平成、そして二十一世紀になるとだいぶ、家族観というものが変化しているということが分かる。

家族の誰かが「自首　減刑」で検索をしていたパソコンまだ温かい　小坂井《こざかい》大輔《だいすけ》

これはブラックユーモア的な歌ですね。自首したらどれくらい減刑されるのかなっていう、単なる興味で調べたかもしれないけれど、ひょっとして何かやってるんじゃ？　しかも、家族の誰が？　とも思う。パソコンがまだ温かい！　そんな遠くまでは行ってないだろう……と。「まだ温かい」といえば、遠くまで行っていないはずという意味の慣用句だから。その感じを二重に持ってきている。そもそもこの「検索」というのが昭和にはないから、こういう歌は生まれようもないわけだけれど、家族の誰かは特定されないというところがまた、面白い。

東　そして、特定されない誰かがやった検索というわけだから、パソコンがなかった時代には見えなかった、脳内の思考が漏れ出ている状態なんですよね。他人が検索した言葉が、後から見えちゃうというのは、嫌ですよね。検索履歴というのは気持ち悪いですよね。自分の履歴とかを誰かに見られたらとても嫌だし。すごく怖い歌ですよね。

穂村　うん。つい笑っちゃうんだけどね。次も家族の歌だと思うんだよね。

浴室のドアは開けといてと何回も言えども出来ぬカビの味方か　稲熊明美

これは主婦の立場から夫か子供かを怒っているわけだけれども、そこに技がある。何回言ってもたったそれだけのことができないあんたは、カビの味方なのか？　仲間を増やしたいのか？　というところが面白い。言われている相手が誰かはわからないけれど、この感じだと夫かなぁ。

東　「カビの味方」、たしかにね。この下の句がなかったら、例えば、ダメな夫め、みたいにしたら歌にならないんだけれど、ここの変換が面白いところですね。

穂村　次の歌もちょっと面白い。

舟さんとマスオさんだけの回はあったのかなあったらいいのにな　横山寛起

「サザエさん」って毎回誰かが主役っぽくなるでしょ、カツオなんとかとか、ワカメなんとか、とか。でも舟さんとマスオさんって家族の中でなんか影が薄い。だからふと気になったんだろうね。そういえば舟さんとマスオさんだけの回はあったのかな、と。だってあんなに何十年も何百回もやっているんだから一回くらいあってもいいだろう、と。あるかなあ。あまり動きのないしみじみした回に、たぶんなるんだろうね（笑）。

東　たまにはお母さん、羽根を伸ばしてきなさいよ、って言われてデパートとかに行っても舟さんは家族のことが気になっちゃう。ずーっと家族の買い物をして家に帰って、楽しかったわって言ってそれを皆に渡して、お母さんの物は何も買ってないじゃん、あらホント？　みたいな。そんな人ですよね、舟さんって。

穂村　「サザエさん」は昭和のまま止まってるから、今だとずれがあって、前ほど見られないという話をよく聞くけれど。舟さんは確か四十八歳だよね、原作の作中設定は。

東　そんなに若いの？

穂村　そう。それで波平が五十四歳。僕より年下なんだ……って（笑）。でも波平さんも舟さんも、僕らの親よりももうちょっと上くらいの雰囲気だよね。

東　私たちの親だって、着物を毎日着てなんていなかったしね。「サザエさん」が始まったのが戦後すぐで、サザエさんは二十歳くらいの若い娘だから、その親ということだと当然大正生まれくらいの感じですよね。

穂村　設定生年月日も一応あるんだよね。数年前にそれで短歌を作ったことがあるんです。「タラさんは六十七歳イクラさんは六十五歳「ちゃん」づけするな」という歌。そういう歌って結構あって、「万博で迷子になったことのあるタラちゃん私より年上か」（山上秋恵）というのもある。これはサザエさんが皆に知られているということが前提の歌だね。

●お父さんより娘のほうが大事

穂村　父とか母とか固定化しない、家族全体の歌も面白かった。

父の小皿にたけのこの根元私のに穂先を多く母が盛りたる　　中山雪

東　ほとんど無意識に子どもの方を優遇している。

穂村　そう。それで、子ども本人だけがちょっと違和感を覚えている。父と母は特になんとも思っていないという。

東　この父は昭和のお父さんじゃないんだよね。

穂村　その頃だとお父さんは一品多いみたいな時代だったでしょう。でも今だと、お母さん的には娘のほうが全然大事で、お父さんも、あからさまにそれをされても特になんとも思わないという。

東　最近のお父さんだったら怒らないでしょうね。これ、中山さんが二十歳くらいなのかな。

穂村　二十代の、もう十分におとなになっている頃じゃないかな。

東　十代ではないよね。

穂村　十代だとまだこれを、おや？　と感じないかもね。二十何歳かになっていて、なんか、変だなと気がついて、このことがちょっと気味悪いと思っている。そんな感じね。どこにも喜怒哀楽は表現されていなくて、ただ、たけのこの根元と穂先のことを書くだけで、その家族のあり方が表現されているというのが面白いと思う。

穂先のほうがやっぱり美味《おい》しいもんね。

東　柔らかくて美味しいところ。たけのこの中でもいいものを娘にあげるという感じ。

穂村　デートとかだと相手にあげた方が好かれるような気がするよね（笑）。

東　で、これが永遠に続きそうな恐怖感。

穂村　永遠につづくんだね。大塚さんの「日傘」の歌に、「とらはれてゐ」るという言葉があったけれど、やっぱり共通するものがあるよね。一種の支配だからね。怖いよ。

東　そうですね。母は家を支配しているような感覚があって、だから自分の好みによって獲物の配分を決めているんだよね。食べ物も支配するし、存在や心も支配している感じがある。大塚さんの歌は、母の翳であっても、とらわれる、何か支配されている、という。

●お母さんは怖かった

東　中城《なかじよう》ふみ子のこの歌も、お母さんが怖かったというところと、年をとるということとの対比なんだけれど。

女丈夫とひそかに恐るる母の足袋わが洗ふ掌のなかに小さし　　**中城ふみ子**

ちょっと怖めのお母さんで結構恐れていたけど、自分がすっかり大人になって、お母さんは老いているかどうかはここではわからないけれど、お母さんが脱いだ足袋を見て、小さいなと気づいたという。母の着ていたものを見ることでやっと客観的にお母さんを捉えることができたというか。

やっぱり精神的な支配が大きいので、実際そんなにお母さんは大柄な人ではなかったんだろうけれども、小柄だなと思う隙を与えなかったんじゃないかと思うんです。

母の心理的な大きさというのはすごくあって、そこが一番歌になりやすいのかなと思ったりします。自分が母として詠んでいる場合の歌も割と支配しているタイプのものが多いですね。たとえば河野《かわの》裕子《ゆうこ》さん。彼女は母性の強いタイプの歌人なんですね。

たつたこれだけの家族であるよ子を二人あひだにおきて山道のぼる　**河野裕子**

これは昭和の終わりくらいなのかな。男の子一人女の子一人の典型的な核家族を、たったこれだけだなぁと思っているわけです、ハイキングをしながら。河野さんの前の時代だともっとたくさん兄弟がいたのでそういう感じじゃなかったでしょう。それに、家族だけで何かをするとか、一世帯だけで何かをするという感じはなかったんじゃないかと思うんですよね。新しい時代のニューファミリーを自分は客観的に見ている、という歌で、全部でたった四人だけれど、やっぱり彼女が支配している感じはありますよね。

穂村　今の感覚からすれば、むしろ人数は多いよね。結婚しない人も珍しくないんだから。

東　平均すると一人半くらいですかね。それからすると、「たったこれだけ」感は、今の私たちにはないですよね。何か物足りない感じがしているのは、家族は多ければ多いほど豊かだみたいな価値観が、やっぱりこの時代だとあるんだろうね。大家族で育った人が多かったし、たった四人しかいないみたいな感覚なんだけど、今はもう若い人たちはそんなふうには詠まないですよね。家族全体を見回すということもあまりないのかもしれない。ひとりひとりを個別にみていく感じかも。

●家族だから除菌しなくてもいい

東　蓮沼《はすぬま》・L・茂木さんのは、家族の歌ということなんだよね。

半年も便座を除菌していない家族の尻は美しいから　蓮沼・L・茂木

穂村　これも心理的なものだよね。半年も除菌していなくても、家族の尻は美しいという。

この「美しい」は、通常の清潔という意味を超えた異様な増幅感のある「美しい」で、心理的に家族であればOKということなんでしょうね。

東　トイレを分け合うというのは家族ですよね。大滝和子さんのこれも面白いと思う。

トイレットの鍵こわれたる一日を母、父、姉とともに過ごせり　　大滝和子

穂村　面白いね。説明しがたい、何かがある（笑）。これが公衆トイレで鍵が壊れている、というんだともっと話は単純なんだけど。

東　母、姉とともに過ごせり、だとだいぶ違うと思うんだけど、ここに異性である父が入っているところがね。鍵がこわれてて開けられたら嫌だなという気持ちがずっとある。そして、鍵がこわれていると書いてあると、閉じ込められた気がするのはどうしてなんだろう。鍵がこわれているという意識だけで、なぜか家の中に幽閉された感が出るというか。鍵がこわれていても、そのトイレを使うしかないという状況で、その家族の潜在的な危うさを象徴している気がする。

穂村　外国の人が読んだりするとまた違った感じで読めるのかもしれない。日本の家族観や

家の造りとか、そういうのは西洋とは違うでしょう。プライバシーの概念とかも。一人ひとり個室で鍵をかけるっていう感じが日本人にはあまりないから、完全に鍵をかける場所というのは家の中でトイレしかない。それがこわれると、どこにも完全なプライバシー空間がないという状況になるよね。お風呂は入っているってわかるわけだし。

東　そうね、お風呂は鍵かけないものね。逃げ場がない感じになるのか……。トイレに鍵をかけて立て籠もるってやったことあるよね？

穂村　え？　ないなぁ。

東　穂村さんの家は優しいから。うちは結構厳しかったから。怒られそうになると一時的にトイレに立て籠もって、「出てきなさい！」って怒られてた。

●マッチを擦らない世代、キッチンで何かを食べる母

穂村　この火炎壜《びん》の歌とかも完全に世代がわかるんだけど。

火炎壜つひに投げざるちちははの子として僕はマッチを擦らず　　**川合大祐《だいすけ》**

まるで遺伝したみたいに書いているけれどもちろんそういうわけじゃなくて、火炎壜を投げた世代だって全体としてみれば投げなかった人の方が多いわけだけど、マッチはね。多分ある世代以下の人は擦《す》ったことないよね。僕らくらいの世代はまだマッチを擦ったことはあると思うけど……。

東　そうか、今はマッチ使わないのか。

穂村　ライターかチャッカマンだよね。徳用マッチなんていま見ないでしょう。

東　もうマッチないのか……。ということは本当にマッチを擦ったことがない世代なんだ。

穂村　それがまるで遺伝のように書かれている。

東　火炎壜を投げなかったことを誇りに思っている。火炎壜という暴力的なことはしなかった父母だから、僕もマッチなんて擦らない。

穂村　そこまでは僕は分からないな。文体はアイロニカルに見えるけど、肯定でも否定でもないような。この歌だけでは。

東　「ちちはは」をわざとひらがなにしてあるのはなぜなんだろう。壜は漢字なのに。この、キッチンで何かを食べてる母はよくいるよね。

ナイターに背を向けひとりキッチンで静かに桃を食べている母　苗くろ

穂村　これはよくある日本の昭和のお母さんじゃない？　立ったまま種の周りを食うみたいなところあるよね、お母さんは。家族にはちゃんと切った実の部分を出して。

東　「夕映えのさしこむ厨《くりや》ほたほたと母はトマトの汁をこぼしぬ」っていう私の歌と、ほぼ同じような状態だね。こっちの歌のほうが上品だけど。なんか母親が一人で薄暗い台所で何か食べてると怖いよね。

穂村　ナイターだから、父を中心とした家族がそっちにいる感じだよね。

東　ふと通りかかると一人で何か食べてたみたいな。

●妻が夫を詠んだものはすごい

東　家族ということで姉弟父母とかいろいろ考えていて、すっかり忘れていましたが、夫婦も家族でしたよね。恋愛の範疇《はんちゅう》の歌もあるか、夫婦だと。

穂村　一応別立てにしてみました。たとえば、これ。

秋の夜の妻と二人の居間にゐて腹がなりをりどちらかの腹　岩間啓二

これは中年以降の夫婦だよね。

東　一体化してるんだね（笑）。

穂村　なんだか日本的夫婦って感じじゃない。確かに腹って微妙だよね。分からないときある。

東　何人かいると誰だろう？　って気になるけど、二人ってことは自分か相手でしょう？　それが分からないのか（笑）。他に誰もいないんだろうね。子どもがいたとしても独立している年代なのかな。

穂村　次はこれ。

「奥さんは元気」とふっと聞く妻をお前さんだときつく抱きしむ　渡辺光男

これは、たぶん妻はもう旦那っていうことが分からなくなっていて「奥さんは元気」と聞いている。お前さんだよ、と言って抱きしめるという、立派なおじいさんの歌。老夫婦の歌を調べたことがあるんだけれども、夫が妻を詠んだものは大体いい感じの歌になっているのが多くて、妻が夫を詠んだものはすごい。もう、本当にすごい。階段に置いた私のコートをあなたが足でどけたとか、私以外の家族は一度も靴を揃《そろ》えたことがないとか、そんなのばっかりいくらでも出てきて、こんなに男女で違うかと思った。読んでいるうちに怖くなってくる。

ベランダで洗濯物がぬれてると夫の言い来る間にもぬれゆく　　宇都宮芳子

でもなるほどっていう感じがするよね。

靴べらが見つからなくて躊躇《ちゅうちょ》なくわたしのゆびを使った夫　　鈴木美紀子

そんなのがたくさんあるなかで、僕の好きなのは、鈴木さんのこれです。

ほんとうはあなたは無呼吸症候群おしえないまま隣でねむる　　同

隣でぐぉーーと鼾《いびき》をかいて寝ていて、その間にンゴッとかなって呼吸が止まるんだよね。じーっと闇の中でその声を聞きながら、無呼吸症候群だなって思っているっていう。

東　本当に息が止まったとしても黙ってるんじゃない。

穂村　こういう歌もある。

湯上がりに倒れた夫見つけてもドライヤーかけて救急車待つだろう　　**横山ひろこ**

無駄だからね、救急車が来るまでの時間が。救急車は一応ちゃんと呼ぶんだけどね。

東　でも髪は整えておきたいわけですね。書類も書かないといけないし。冷静で、現実的。こういう、相手に教えられなさそうなもののほうが歌はいいよね。

●夫婦の間で微妙にズレがある

穂村　これなんか、どう思う?

ひさびさに真正面から妻を見る電車のなかの対面の席　　菅沼貞夫

微妙にずれた曖昧な位置からしか普段は相手を見ないから。電車の中だと否応なく真正面から見るもんね。

東　そうでもしなければ見ないということですよね。テレビとか猫とか、他のものを並んで一緒に見てたりする。御飯を食べるときも、この夫婦は対面じゃないんだね、きっと。

穂村　だから新婚のときから少しずつ恋愛度が下がって大体どのあたりで歩留まりというのか、どのあたりまで落ちたところで関係性が定まるのか。……それも相手と同じくらいの感情のところで止まればいいけれども、片方はまあまあのところで止まっているつもりなのに、片方は地の底まで落ちていったら（笑）。

東　寝耳に水っていうやつでしょう。家族といっても、血の繋《つな》がった家族と夫婦はまた違うね。やっぱりある種の冷たさが夫婦の中にはあったりする。便座を除菌しない感じとは違う……。いや、でもそこにも夫婦は入っているんだよね、なんだろう？

穂村　君に最後看取ってもらいたいって言ったら、妻がジムに通いだしたっていう歌があった。やっぱり微妙なズレがあるんだよね。

君に掌を握られて死ぬといふわれに備へて老妻はジム通ひ始む　大建雄志郎

東　女の人は現実的なんでしょう。

穂村　男の方は少し甘えて言ってるわけだよね、掌《て》を握られてっていうのは、これは心理的なことを言っているんだけど、妻は文字通りの看取りを考えたわけだ。じゃあ、ジムに行かなくちゃ、鍛えなくちゃって（笑）。

東　兄弟姉妹というのは夫婦関係などに比べて、責任を取り合う関係にないから、ある種のロマンが残っているよね。

追憶のもつとも明るきひとつにてま夏弟のドルフィンキック　今野《こんの》寿美《すみ》

たとえばこれは、生命の躍動感みたいなものの象徴として自分より幼い弟を描いていて、男の子の身体能力の高さに対する憧れと自分の郷愁をまっすぐに結びつけている。さっきあげた木下利玄も妹のかわいらしさを全面的に書いているし。

●実際には妹がいなくても歌を作っている

穂村　弟妹の歌はなんか純化された恋愛に見える時も多いよね。肉体的なリスクを伴わないプラトニックな、純度のある淡い恋愛感情みたいなものをある時期よく見たし、これも調べたことがあるんだけれども、男性歌人はみんな妹をかなり歌っていて、実際には妹がいなくても歌を作っている。

東　平井弘とか？

穂村　彼のはもっとはっきりしたモチーフがあるけれど、大塚寅彦も荻原裕幸《おぎはらひろゆき》も喜多昭夫も僕も、妹の歌がある。でもみんな妹なんていないし……。

東　春日井建さんは本当に妹いましたよね。それも美しい感じで歌にしてますよね。大塚寅彦さんも基本的にロマンティックな歌でしたよね。

穂村　うん。

この庭に襤褸《らんる》の孔雀飼ひたしとあるいはいもうとのひとりごと　　大塚寅彦

東　「襤褸」――つまり、ボロ布が孔雀の枕詞《まくらことば》になっている。大塚さんて一人っ子でしたっけ？

穂村　その時調べたから妹がいないことは確かだと思う。

東　お姉さんというのも、ロマンティックに詠《うた》われますよね。光森裕樹《ゆうき》さんのこんな歌もある。

鈴を産むひばりが逃げたとねえさんが云《い》ふでもこれでいいよねと云ふ　**光森裕樹**

現実のお姉さんという気はしない。どこか不可思議な、ちょっと謎がある眩《まぶ》しいもののような存在として、お姉さんが描かれている。

新しき仏壇買ひに行きしまま行方不明のおとうとと鳥　**寺山修司**

この寺山の歌も架空の弟だよね。

高瀬一誌さんの「牛乳にて顔を洗うおとうとは部下をふやしつづけており」とかも、こんな変なことを家でしているやつも部下がいるんだな、ということでしょ。兄ちゃんから弟を見たシニカルな気持ちみたいなのかなと思う。

でも、男が兄弟を詠んだ歌というのは少なめですね。異性のほうが多く詠まれる傾向にあるかな。

穂村　そんな気がするけどね。

東　加藤治郎《じろう》さんのは妹とは書いていないんだけど、妹じゃないかなと思ったりする。

紺いろの水着ちいさくたたまれてカルキのにおいのからだを残す　　加藤治郎

穂村　「銀いろの水につま立ついもうとよきのう習ったクロールを見せて」っていうのも。

東　加藤さんが妹を詠むと、やや危ない感じがする（笑）。妹にエロティックなものを感じているきらいが。

穂村　もっとはっきりとした歌もありますよ。

たはむれに釦《ぼたん》をはづす妹よ悪意はひとをうつくしくする　　荻原裕幸

これは実際に妹がいないから書かれた歌だと思う。いたら書かないと思うなぁ。

東　お姉ちゃんが妹を詠むと悪意があるような感じになる。

ねばねばの蜜蜂のごといもうとはこいびとの車から降りてくる　江戸雪

これはかなりリアルな感じですよね。本当に妹がいて、彼女が恋人に家まで送ってもらってきたところで出てきた雰囲気かな。甘さとねばりけという直接的な比喩ではあるんだけど。

●夫婦ってホラーだ

東　父親というのは自分が触れえざるものとして描かれている傾向にあるような気がしますね。距離が遠いのかな。距離の遠さの中で手探りで詠むという感じかな。それとは逆に母親は何だか自分を支配してくるものとして描かれていることが多いような気がします。で、兄弟姉妹はもうちょっと観察する対象というかロマンの対象というか。

夫婦はねえ。なぜおじいさんおばあさんになると、おじいさんはいい感じに奥さんを詠むのに、奥さんはいい感じに詠めないんでしょうかね。

穂村　それは指を靴べら代わりに使われたり、足でコートをどけられたり、洗濯物が濡れてるぞと言われたり……。

東　積年の恨み、日々の出来事が積み重なってるってことか。でもこれからまた、だいぶ変わるかもしれませんね。今は家事全般をやる夫も増えているようだし。でもまだまだかなぁ。「妻」って検索すると、次に検索されるワードが贈り物とかプレゼントとか誕生日とかなんだけど、「夫」と検索すると殺したいとかそういうワードが出てくるんだって（笑）。

穂村　「最も捨てたいのは、夫！」っていうのが、雑誌「クロワッサン」の見出しだったよね、この間の号で。

東　ひどすぎる（笑）。そうなってくると夫婦ってホラーだ。

穂村　怖いなぁ。

東　ちょっと前に「功名が辻《つじ》」っていう夫婦愛をテーマにした大河ドラマがあった時に、夫婦愛をテーマにした短歌を募集したことがあったんです。そのときは、夫のほうからも妻のほうからも、しみじみした夫婦愛の短歌が来ましたけどね。背中から夫が庭できれいだねって声をかけて、目の前では、黄水仙がきれいに咲いていた、でもなんか自分に声をかけてくれたような気がするっていう。夫の痛いところはここかここかと探して湿布を貼ってあげるとか、しみじみしたものもありましたよ。

穂村　でもこういうのもある。

この包丁切れ味悪いとリビングへ持って入れば夫後ずさる　石田恵子

東　ホラーだ。

穂村　あと、これ。

なんでかな私が部屋を出ていくとあなたの鼾がすぐに止むのは　熊野京子

寝てるんだけれども、自分が寝室に入ると夫が鼾をかき出して、出ると鼾がやむ（笑）。センサーがついているみたい。

何となくこのテーマは、時代によっても違いそうだけど、国によってすごく違いそうな感じがするね。

東　ものすごいひどい国とかもあるもんねぇ。

穂村　家族観、夫婦観はすごく違うような気がするなぁ。

東　中東とかインドとかね。想像を絶する。インドのようにカースト制度のあるような国だと想像つかないよね。

穂村　アメリカのドラマを見ててもだいぶ違いそうだなと思うしね。

東　小学生時代にアメリカのホームドラマを見て、日本と違う！　と思ったよね。クリスマスパーティーとか山のようなプレゼントとか。丸ごとのチキンとか、大きなケーキとか。クリスマスツリーが家の中に！　とか。スケールが違うと思ったけど。

第四章　イメージを裏切る動物の歌

●人間には計り知れない動物の世界

寂しさに海を覗けばあはれあはれ章魚《たこ》逃げてゆく真昼の光　北原白秋

東　これは、白秋が人妻と恋愛して夫から姦通罪《かんつうざい》で訴えられて投獄された後、その人妻と三崎で暮らしていた頃の歌です。

穂村　近代の人の感情の純度と濃度は、今の我々のとではギャップがある気がして、「寂しさに海を覗《のぞ》けば」というのが、今、自分が寂しさに海を覗くことを想像すると、やや不思議な感じがする。

東　寂しさと海というのはいろいろなバリエーションで結びつけて詠まれるけど、これは船に乗って少し沖合に出て、透明な海を覗いたら章魚が見えたということかな。波打ち際に章魚はいないから。

穂村　ためらいもなく「あはれあはれ」とたたみかけるところも、やっぱり近代の感じなんだろうな。

東　「あはれあはれ」がオノマトペ的になって、章魚の逃げていく、ふわふわした様子に結びついている。

穂村　あと、「あはれ」という言葉の現実感が違うというか、今だとこれは特殊な言葉に思えるから。

東　かなりレトロな印象だけど、この頃はもっと普通に使っていたんでしょう。今では印象が強すぎて、うっかり使えない言葉になっちゃったよね。とにかくこの歌は、風景が見えてくるし、章魚への思い入れが面白い。

穂村　魚じゃなく、章魚というのが効いている。

東　与謝野晶子《よさのあきこ》にしても斎藤茂吉《もきち》にしても、すぐそばにいる動物を書いてる感じがする。与謝野晶子の「金色《こんじき》のちひさき鳥のかたちして銀杏《いてふ》散るなり夕日の岡に」は比喩だけど、動物との親密感が伝わります。

好きなのかあんなところが自転車のサドルにいつも乗っている猫　池本一郎

穂村　自転車のサドルはあんまり乗りやすそうじゃなくて、無防備な感じがするけれど、そこが好きな猫がいるっていうことなのかな。

東　「好きなのかあんなところが」で始まるという、構造が大事です。「自転車のサドルにいつも乗っている猫好きなのかあんなところが」では成立しない。

穂村　最後の一文字まで何かわからないっていうところが、ポイントなのね。

東　そこに茶目っ気があって面白い。自転車は人間の道具だし、この出だしだと、人間のことかと思ったら猫のことだったという。何食わぬ顔で猫が乗っている風情がいい。葛原《くずはら》の猫の歌もかなり怖い感じですがどうですか。

生みし仔の胎盤を食ひし飼猫がけさは白毛《はくまう》となりてそよげる　葛原妙子

非常に葛原さんらしい歌だよね、でも、当たり前のことなんだよね、猫が胎盤を食べるということは。

穂村　子猫だって食べちゃうっていうからね。

東　生まれすぎたら食べちゃう。

穂村　マンガ家の大島弓子の代表作『綿の国星』には、子猫を食べちゃった親猫のところに、食べちゃったの？　って聞きに行くっていうシーンがあったね。

東　猫だから犯罪にはならないし、飄々《ひょうひょう》としてる。そうよ、だからなんなの？　みたいな感じで（笑）。私もこの歌を読んだとき、『綿の国星』のそのシーンを思い出しました。動物は動物の世界のセオリーに従って生きているんだと。奥村さんのこの歌も、そういうものに対する敬意を感じる。

犬はいつもはつらつとしてよろこびにからだふるはす凄き生きもの　　**奥村晃作《こうさく》**

これは、あまり言わないことをわざわざ言ってるところに面白さがある。

●短歌には素敵バイアスがある

蚊に食われし皮膚もりあがりたるゆうべ蚊の力量にこころしずけし　内山晶太

穂村　蚊のような小さなものに対して、力量という大袈裟《おおげさ》な感じは面白いと思うけど、こころしずけしとまで言うのかと。爪で痒《かゆ》いところに「×」つけないいんだ？　みたいな(笑)。

東　内山さんは我慢するんじゃない。そこが穂村さんと内山さんの性格の違いでしょう。

穂村　そうだね。「こころしずけし」と言われると、そう言った自分がよくなる感じがあって、そこに疑念を覚える。蚊だって知らないよと思うのでは。

東　短歌にありがちな、ある種の崇高な精神みたいな、気取りがあるのがちょっと嫌なのかな。

穂村　「×」つけるより、「こころしずけし」というほうが、深く命を見ているというような、素敵バイアスかな。まあ、短歌には素敵バイアスがあって、それを捨てちゃうと成立しないものではあるけれども。

東　素敵バイアスも、どのくらい見せるかが難しい。

穂村　実際より素敵に書いてしまうのは仕方ない。そうしないと短歌として成立しないから。
東　そうですね。名歌はえてして素敵バイアスがある。
穂村　でも、なぜか年々それに苛立つように僕はなってきていて、またあれだなって思っちゃう。
東　だから、渡辺松男さんみたいに、はずしたほうがいいんだね。

水を出でおおきな黒き水掻きのぺったんぺったん白鳥がくる　　**渡辺松男**

穂村　これは、異形感っていうのかな。普通白鳥をこのように捉えないでしょう。
東　そうそう。確かに白鳥のイメージではないよね。
穂村　白鳥といえば、飛ぶもの、泳ぐもののイメージがまずきて、歩くものっていうのは最後に多分くるから。白鳥って歩くんだ？　みたいな。
東　白鳥のイメージを大きく変える面白い歌ですよね。確かに歩くときは結構かっこ悪いっていうか、ぺったんぺったんしてるし。白鳥の美しくて大きい鳥、鮮やかに飛ぶ鳥っていうイメージから遠い。やっぱり動物というのは、あるイメージがあって、それをなぞっただけだと作者の作品にならないから、そこに何を工夫するかが大事になると思う。

穂村　考えるルートがあって、例えば蚊といえばめちゃくちゃ小さい中に命があるみたいなことなんだよね。もうちょっと大きい虫より、蚊が一番小さいから。この奥村さんの犬の歌はあんまり反論の余地がないっていうか。

東　確かにそう。犬の犬らしいところを書いていて。「凄き」まではずっとひらがなで書いてあるのは、すごいとはいっても犬は知性的には獣であるから、そこを表現してると思う。非常に単純な思考回路であるっていうところをひらがなで書いて、「凄き生きもの」は人間の主観だから漢字で書いてるんだと思う。

穂村　あと、犬以外に喜んでる感じがそこまで見てとれる生き物がいないかなっていう感じも。

東　そう、犬はそういう特別さがあるよね。

穂村　うれしくておしっこちびっちゃうみたいな、そこまでの生き物って身近にいないでしょう（笑）。

東　兎《うさぎ》とかクールだし、鳥はピャーピャー鳴いたりするけど、犬ほどはつらつとはしない。はつらつっていうのは犬しかないんじゃない。大体動物は無駄な動きをしないようにできてるから、はつらつとしてない。
穂村　その様子に感心してるんだ。

●プロの歌人の歌には文体がある

こはいかに人参色のゆふぐれはひとがみなみな見ゆるぞ猿に　　永井陽子

東　これはアイロニーですよね。
穂村　一種の離人感覚みたいなものかもしれない。
東　ちょっと他の歌と角度が違いますね。
穂村　夕暮れ時、自分だけが人間で、ほかがみんなやや怪物じみてくる、そんな時間帯っていうことじゃないかな。
東　人参色が効いていると思う。人参は馬とか獣が好きだから、その野菜の色に近づけて、世界全体が動物めいていている感じを出してるのかな。
穂村　響きがニンゲンに近いしね。やっぱりプロの歌人は文体が、「こはいかに」と入る感じとか、「ひとがみなみな見ゆるぞ猿に」とか、さっきの「ぺったんぺったん」とか、ちょっと不思議な感じ、違和感があるよね。「ぺったんぺったん」の入る位置が面白い。水を出て大きな黒い水搔きの白鳥が歩いて来る、という流れの間に水搔きの「ぺったんぺったん」が挿入されている。いわゆる散文の文体ではない。

東　プロのうまさがある。

穂村　アマチュアの投稿歌は、散文の文体の範疇《はんちゅう》になりがちだから。どれくらい文体を定着させられるかによって歌として成立するかどうかが決まってくると思う。

東　やっぱり永井さんとか内山さんとか、文体のうまさで読ませている感じがありますね。

穂村　そう思うね。

東　私たちより下の世代で、こういう文体のうまさで読ませる人がいる。小原奈実さんもすごく若いけど……。名歌っぽい感じでしょう。

遠ければひよどりのこゑ借りて呼ぶそらに降らざる雪ふかみゆく　　小原奈実

穂村　短歌の世界だなぁ（笑）。

東　まさに素敵バイアス。横山未来子《みきこ》さんのもとっても素敵。

きみに与へ得ぬものひとつはろばろと糸遊ゆらぐ野へ置きにゆく　横山未来子

東　こういう素敵な歌、好きなんだよね。

穂村　いいよね。

東　小原さんの歌は、ひよどりを持ってきてるのがうまいんですよ。ひよどりって、ピー、キーッて金切り声で鳴く。あの声なら届けられそうだって。基本嫌な声なんだけど、でも届けたい、あれなら届くであろうっていう切実な願いとして、ひよどりが効いてると思う。「糸遊《いとゆふ》ゆらぐ」の、クモの糸がゆらゆら浮かんでいる状況って、多分実際は嫌な感じなんだろうけど、「糸遊」という優雅な言葉によって、いいものになるよね。ちょっと嫌なものを、イメージを加味しつつ、素敵に。でも、どっちにも共通してるのは、片思いなんだよね。片思い感と動物。

穂村　片思いといえば東さんのこの歌、面白いよね。

そうですかきれいでしたかわたしくしは小鳥を売ってくらしています

東直子

穂村　実はよくわからない歌なんだけど。「そうですかきれいでしたか」っていうところと、「わたくしは小鳥を売ってくらしています」は、個別には意味はわかるけど、二つがつながる意味がわからない。

東　結びつきがってこと？

穂村　そう。だけど、何となく小鳥を売ってくらしていますと、接続しているような感じがして、作者の東さんによると、「そうですかきれいでしたか」は、松田聖子が結婚したときのかつて恋人だった郷ひろみのコメントっていう（笑）。

東　そうです。

穂村　それを本歌取りしてるんですよね。でも、郷ひろみは小鳥を売ってくらしてはいないわけで、今でもヒロミゴーのままだけれども、大きな愛を失って、その人の魂を浮世離れした次元に飛ばした感触と、今も私は小鳥を売ってくらしていますで、内向きの放心感みたいなものが表されてるのかな。もちろん、郷ひろみの言葉なんてことはわかりっこないわけだけど、愛を失った人が放心して内向していているっていう感じだけは何となく伝わってきて、魅力的。

東　ありがとうございます。「そうですかきれいでしたか」って、それだけ取り出しても手の届かない恋人に対して言っているという部分はわかるような気がして、そのセリフをいただいて作りました。で、長いこと下の句ができなかったんだけど、何となく小鳥を売っている人のイメージに結びついて、ちょっと寂しいような気分を抱えつつ、遠くの元恋人を思いつつ、目の前にいる小鳥をめでるという物語を想起しました。

●奇想の歌というのもある

急行を待つ行列のうしろでは「オランウータン食べられますか」　大滝和子

東　オランウータンという題詠で即詠で作られた歌で、なかなか衝撃的なものですよね。

穂村　何となくこの行列が進化の行列みたいな感じで、オランウータンって多分人間の直前とか、かなり近接したところにいる生き物だと思うんだよね。で、急行を待つ行列の全員が乗れるのかどうかよくわからないときに、それにちゃんと乗れるのは、つまりこの星で生き延びていける種はどこからどこまでなんだろうとか。「オランウータン食べられますか」が気持ち悪いのは、人間と近すぎるからなわけでしょ。

東　うん。

穂村　これが、ウシ食べられますかではやっぱり成立しない。

東　そうなんですよね。

穂村　多分人間はオランウータンどころか、人間だって食べることがあるよね。でも、人間食べられますかでは、逆に散文的だし、オランウータンのほうがチンパンジーやゴリラよりも気持ち悪い感じがする。

東　そうですね。オランウータンがちょうどぎりぎりのラインですよね。ぎょっとする感じがありますね。

穂村　うん。

東　急行を待っている行列で偶然聞いたというシーンなんだけど、日常的なシーンに入り込んでくる非日常性として、すごくインパクトがありますよね。

穂村　僕がやるともっとわざとらしくなるんだけど、大滝さんだとまじだなっていう印象になるんだよね（笑）。

東　真にせまるような。
穂村　狙ったっていうふうにあんまり思わないんだけど、無根拠には書いてない。
東　作者本人がオランウータンが食べられるかどうか真剣に多分考えてる（笑）。大滝さんの作品って奇想の歌が多いんだけど。
穂村　根拠ある奇想っていう感じだよね、いつも。
東　そう。別にユーモアとかふざけてとか、面白がらせようっていう感じではなくて、すごい。
穂村　うん。

収穫祭　稜線ちかく降りたちて between や up や away を摘めり　大滝和子
めざめれば又もや大滝和子にてハーブの鉢に水ふかくやる　同

東　こういう、すごく変わった変化球投げてくるんだけど、全部本気感があるんだよね。動物の短歌では、こういう作品も。

「もう嫌だ俺はペリカン便に行く」クロネコヤマト倉庫の壁に　入谷いずみ

穂村　何か現代を予見したような歌だね。
東　これは実話なんだよね。入谷さん、弟さんがヤマトで働いていて、あまりにも大変で。
穂村　これは両方動物だってところがおかしいんだろうね（笑）。そうじゃないと成立しない。
東　壁に本当にこういうことがほんとに書いてあったって言ってたかな。
穂村　面白いよね。そっちにいってもやはり同じだろうみたいなことが予測されるという。
東　並立することによって、急に動物が顕在化されるよね。単体だとそう思わないけど。これは？

つばくらめ飛ぶかと見れば消え去りて空あをあをとはるかなるかな　窪田《くぼた》空穂《うつぼ》

穂村　つばくらめがひらがなで、後半またずっとひらがな表記にすることで青空のどこかにつばめが紛れてしまったみたいな感じが出てんじゃないのかな？

質問をしそうでしない女の子エゾモモンガのような瞳で　　東直子

穂村　質問をしそうでしない女の子はどこの子なの？

東　何となくそういうイメージなだけ。

穂村　具体的にいるわけじゃないんだ？

東　そうね。エゾモモンガって、目が大きくてものすごくかわいくて、きょとんとしてる。それって質問したいことがあるけどもじもじしててできない感じがしない？

穂村　微妙な雰囲気なのね。

東　何か言いたげで言わない感じ。あと、エゾモモンガという響き。モモンガじゃなく。

●絶対に「LIVE」でしかない人生で

東　時間という観念を詠《うた》ってる歌を見てみましょう。

穂村　時間というものが、何か特別に意識される瞬間や場面があるわけで。

録画したサッカー中継見てゐますLIVEの文字も録画されてて　　岩間啓二

自分が録画したものは、すでにLIVEじゃない。だけど、画面には「LIVE」って出てるということです。昔はそんな自分勝手なテレビの見方は出来なかったんだけど、今は簡単にそれができる。そうやってテレビのLIVEという文字を見ていると、不思議な気持ちになってくる。ここまで便利になって、一回限りのはずのものをごまかすツールが発達しすぎてしまって……ということを、この歌を読んだ人が感じる。時間だけは人間は支配できないから、絶対に「LIVE」でしかない。けれども、そうじゃないかもと錯覚させるほど、インターネットなどによって、我々は神の裾に手をかけてる。

ラーメンを食べてうとうとしているとゴールしていた男子マラソン　**綿壁七春**《わたかべななはる》

もちろん、自分がゴールした訳じゃなくてテレビでなんだけど。時間は全人類、全生物の上に平等に流れていて、うとうとしている間に一人のヒーローが登場しているわけです。自分は惰眠を貪っただけだけど、その二時間に死ぬ気で頑張った人がいる。考えれば当たり前だけど、テレビがあることでそれが可視化される。

午後28時の人と隣り合い電車に揺られている午前4時　**亜にま**

厳密に言うと一日は二十四時までだから、これは間違ってるんだけど、昨夜からの人と早起きの人とが繋がっているという歌です。

一秒でもいいから早く帰ってきて　ふえるわかめがすごいことなの　伊藤真也

わかめがキッチンから完全に溢《あふ》れて、ダイニングかリビングぐらいまで来てるんだね。

東　女性の口調の歌ですが、作者は男の人ですよね。なりかわって書いてるのかな？

穂村　イメージじゃないかな。例えば新妻とか。「ふえるわかめ」がこんなにふえるなんて！と。昭和の奥さんみたいだよね。マスオさんみたいな人に電話して、帰ってきてお願い！って言っている感じがする。

これも時間の可視化でしょ。我々は今この瞬間にも着実に老けているわけです。でもそれは、わからない。時間は目に見えないから。ただ十年前の写真を見るとわかるんですね。ところが、ふえるワカメはそれを加速するから、一秒が見える。本当はみんな、これと同じように時間がたってるんだぞって、つきつけてくる。その迫力。

肩寄せて夕満ち潮が消すを見ぬ砂に書きたる「ローン」の文字を　藤原建一

普通だったら、砂には「愛」とか書くところだけど、ここでは「ローン」。俺たちの「ローン」を波が消してくれたぜっていう歌。これはきっと中年カップルでしょう。波が寄せて返すという大きな自然の時間がある一方で、我々の人生を縛る、目に見えないローンという人工的な時間もある。「ローン」を読んだ瞬間に、時間がずんと入ってくる感じがします。

東　砂に埋もれると生命が危ないっていうイメージがあって、これは生命が消えると俺のローンも消えるという気もして面白いですよね。

穂村　何に時間を感じるか。そこが面白いところだよね。

いつの日か咬まれることになるかもと思いつつ逃がす赤ちゃんムカデ　　**赤川次男**

これなんかは一読してわかる感覚で、大人ムカデだと殺しちゃうけど、赤ちゃんムカデは逃がす。でも将来咬《か》まれるかもしれない。時間による逆襲だよね。

●ふだんは見えない時間を感じるとき

穂村　この歌は、水泳をしているところ。

いきつぎの瞬間見える太陽の光がのびて水面走る　　金山和

時間というのは本来は一瞬一瞬が鮮烈なものなんだけど、それを意識していたら生きていけないから、我々は忘れる訓練をする。だけどどこかでそれを残念にも思っているわけです。その、もっと決定的に鮮烈だろう一秒一秒が可視化される瞬間があって、それが息継ぎなんだよね。

なぜ息継ぎの一秒が鮮烈なのかというと、一秒前は顔が水中にあるので息ができない、一秒後も顔が水中にあるので息ができない。つまり死と死に挟まれた一瞬にしか生がない。その息継ぎの瞬間、太陽の光が伸びて自分の目の前の水面を走るという感覚が非常にビビッドで、さすが中学生。我々のくすんだ生命感とはだいぶ違ってる（笑）。

こういう歌はプロもアマも関係なくて、すごいなと思う。実感に短歌という形を与えただけでこんないい歌を作っちゃうんだなぁとわかるし。

次の歌は、砂時計の、上が未来で下が過去なんだよね。

砂時計未来から過去へ零れゆくキュッとしまった現在時刻　　毘舎利《びしゃり》道弘

このキュッとしまったところが、今、今、今、今、ということ。時計というのは見えない時間を可視化するツールでしょ。とりわけ砂時計はわかりやすくて、膨らんだ未来と膨らんだ過去の間のキュッとしまったところ、あれが俺たちの今なんだ、というわけです。

カレンダーめくり忘れていた僕が二秒で終わらせる五・六月　木下龍也《たつや》

神のごとき振る舞いです。時間というものは、本当は神の領域のもの。時間だけは人間がどうやっても触れられない摂理の中の最大のもののひとつでしょう。なのに、「僕」は、二秒で五・六月を終わらせた。神だな、みたいな（笑）。

東　カレンダーをめくるという行為そのものは、なんでもない行為なんですけどね。日常のなんでもない行為の中に、時間が見えることがあるってことですね。それを見つけだすだけで、一首が成立する言葉が見つかりそうですよね。

練り状の時間があれば便利だな少し擦り込む切り傷治る　田中有芽子

穂村　時間軟膏《なんこう》ってことですね。切り傷もいつかは治るわけで、時間軟膏を塗ると塗ったところだけ加速してあっという間に治る。その代わりそこだけちょっと老けるわけだけど。その、練り状の時間という発想が面白い。我々は均一の時間の中に基本的にはいるのだけれど、練り時間というのがあると、部分的に加速ができるというね。

東　同窓会で会うとビックリする人、いますよね。何でこんなに先に年を取ってしまったんだろうって思う。この歌の、こういうのがあれば便利だなぁ（笑）。

穂村　本当は便利じゃないっていうアイロニーでもあると思う。ふつう使わないよね、時間軟膏ってものがあっても。ヤバイ感じがする。

東　薬って、だいたい、体に負担があったり、リスクがある。「時間を超える」なんて非常に背徳的だから、どんな副作用があるんだか、ほんと怖いですね。

穂村　逆に時間を止めたり、戻したりする化粧品があったら大人気だろうね。でもまあ、それが罪だと思うように、神が仕向けてるだけだけどね。さっきも言ったけど、時間は神の摂理の最たるものだから。そこが崩れると神様も困っちゃう。

●夜中という時間に起こっていること

穂村　詠われていることの起きた時間が重要な歌だと、まずはこれ。

自らをいじめるような歯磨きを午前3時に父はしていた　　よろこ

これは午前三時という時間がポイントです。あと「父は」っていうのが大事。なぜか昭和の父を感じさせる。

東　これは早く起きてるってことなのかな。

穂村　午前様なのか、早起きなのか、どうなのかわからないけど、とにかく子どもにはわからない重圧の中で生きている。

東　子どもが起きてはいけない時間に見た大人って、妖怪めいている。ドキドキして覗《のぞ》く大人の世界って神秘的ですよね。見てはいけない時間に見た親の姿が……なぜか怖ろしい。

穂村　「いじめるような歯磨き」というのが上手いよね。

東　そうですね。「乱暴な」とかじゃないところがいい。意識的に自分自身にむかって力を込めていることを察知したわけだ。

穂村　自然だしよくわかる感じ。

午前2時裸で便座を感じてる明日でイエスは2010才　　直

これも若い女性、というか中学生の歌なんだけどセンスいいよね。もう零時過ぎてるけどクリスマス・イブってことでしょう。もし生きていればってことだけど、イエスは神だから生きてるわけで、そのクリスマス・イブの午前二時に自分は裸で便座って……なかなか青春感の強い歌だと思う。

東　おもしろい歌ですね。情況としては、要するに真っ裸になってるってこと？

穂村　裸が素っ裸なのかどうかわからないけど。

東　夜中にふっと起き上がったのかな。

穂村　ただそれだけの自分のかたまりというイメージかな。

●人生という時間を見る

穂村　こんな歌もある。

進行性不治難病と告げられて何処《どこ》に在りてもわれは〈時計〉か　山口健二

実際には生というのがそもそも進行性不治難病なんだよね。だから、難病の人も難病じゃない人も時計であることは同じ。ただ、それが病気だと可視化されるんですね。「みんなで渡れば怖くない」じゃないけど、みんなもそうだと思うと時計感が薄れるわけでしょう。みんなで時計である運命を忘れようぜってなるわけだから。その中で、進行性不治難病だと告げられた人だけは、周りとのギャップによって自分が時計であることを強く意識する。

東　癌《がん》で余命何カ月って言われると、自分が時計になる。

穂村　そんな時計である人生のなかで、特に重要な時がある。

今ここで一生分の運使え！　たんぽぽのために息吹きかける　鈴木美紀子

時間は均一に流れるんだけど、確かにいろんな意味で、人生における重要度は時間時間で違う。会社の面接試験とかね。それは自分の運命を決める濃度の高い時間だから、みんな緊張する。初デートとかも、その後の二人の人生を左右するから緊張する。そういう人間に比べても、たんぽぽの場合は、綿毛が吹き飛ぶ、一瞬のその運命が大切だよね。目の付けどころがいい。
東　たんぽぽには一大事だけど、吹いてる人間にはとるに足らないできごと、というのが象徴的ですね。

永遠に沖田よりは年上で土方よりは年下な気が　田中有芽子

穂村　さっきの「練り状の時間」の人の歌なんだけど、これも奇想の歌なんだよね（笑）。何だか面白い。同じ新撰組《しんせんぐみ》でも人によって背負ったものが違うわけでしょう。土方《ひじかた》は重い物を背負っていて、沖田は天才少年剣士で。
東　美少年だしね。
穂村　というイメージだね。
東　土方って死んだとき三十四歳だったんだよね。
穂村　じつは若くして死んでるからね。でも僕たちも、夏目《なつめ》漱石《そうせき》より永遠に年下の気がするじゃない？　あの顔には一生なれないなと。

靴靴靴おんなじ靴ってないもんだ今この時間このホーム上に　**杉本葉子**

そのまんまなんだけど、足元だけを見て同じ靴ってないなと。その靴の上には一人一個ずつ人生が載っているってことで、当たり前だけど同じ人生はない。

二回目の死を待つ肉のために鳴るタイムセールの鐘朗らかに　**岡野大嗣《だいじ》**

一回目は生命体として殺された時の死で二回目は食品としての賞味期限。「鐘朗らかに」はアイロニーでしょうね。

●積み重なった時間が透けて見える

穂村　これはいい歌だと思うんだよね。

父母もまた百年前の祖父祖母も五月の町を二人で歩く　原沢敏治

なぜかというと、散文としては時間が百年前に祖父祖母が歩き、父母が歩き、自分たち夫婦も歩いているというそれだけの意味なんだけど、まるで三つのカップルが同時に歩いているみたいなんだよね。時間が透明になってしまっている。
百年前という時間は今はない、というのが我々の認識なんだけども、神の目から見れば、ある。我々もある、父母も、祖父母もある。そして自分の子孫も……と連想される。今この瞬間に五月の町を、透明な時間の中でみんなが歩いているんだみたいな感じが、この言葉の遣い方だと伝わってくる。
東　これは堂々と短歌ですと言える感じがする。これまで読んだ作品の中には、内容はそれぞれユニークでおもしろいんだけど、短歌として捉えた場合に少し散文的な気がしたものもあります。でもこの歌には、長い歳月が醸し出す重層性がある。この重層性が短歌だと思う。短歌的な豊かさがあると思うんだけど。
穂村　我々はそういう学習をしてきたからね、短歌の世界での合意はそうなっているということで、それが唯一のポエジーではないと思うけど。

東　観念として捉え直すということですね。時間は数字で表されるから、そういう感じになるのか。

穂村　数字でありつつ数字ではないという二重性があるよね。

東　時間というのは、形なんてなくて触れることもできない。それを無理やり人間の知恵で数字をつけてるだけだものね。だから時間の感じ方は、その時々で違う。なにかの準備に追われている時はあっという間だけど、信号待ちの時間は長いし。

●ある光景ある時間だけが記憶に残ることがある

永遠に忘れてしまう一日にレモン石鹼泡立てている　　東直子

穂村　石鹼の泡も消えるし、記憶も消える。もちろん重大なことがあった一日は生涯忘れないけど、なぜか何度も同じことを繰り返したような一日でも、ある光景ある時間だけが記憶に残ることがあるでしょう。それって非常に奇妙だよね。なぜあの公園に行ったことを自分は忘れないのかとか。重要なことがあったならわかるけど、そうじゃないわけで。

東　祖母が亡くなってから、祖母との時間を思い出すんだけど、変な時間ばかり思い出してしまうんですよね。二階の暗い所で紙で作ったカンガルーで遊んでたら祖母に、「えらいのー」って言われたこととか。何が「えらい」のかわからないけど、覚えてる。
これは祖母の家で使ってたレモン石鹸なんです。網に入ってて、小さくなるまで使ってた。祖母の家にこれがいっぱい置いてあって……。私たちの世代ではよく見た光景だけど、もう若い人は知らないかもしれませんね。石鹸自体もあまり最近は使わないし。誰の記憶からも消えてしまいそうなものを歌に込めたんだと思います。

えーえんとくちからえーえんとくちから永遠解く力を下さい　笹井《ささい》宏之

穂村　口から、えーんえーんと泣き声が出ているように見えるんだけど、それは「永遠解く力」だったっていう。
東　すごい歌だよね。
穂村　「永遠」を「解く」っていう言い方がね。彼はずっと病気だったから、そのイメージがあったのかもしれない。

東　魂の叫びのように見えるものね。「永遠と口から」にも読めて二重性がある。最後まで読んで初めて、「永遠解く力」なんだと分かる。

穂村　「解く」というのは、何となく、病気が自分を宿命として縛っているというのもあると思うし、なかなか家から出られなかったみたいだからね。彼の歌をもうひとつ。

砂時計の中を流れているものはすべてこまかい砂時計である　笹井宏之

そのこまかい砂時計の中を流れているのは、さらに細かい砂時計でという……。よくある発想だけど、時間というのは、そういうものかもしれない。入れ子になっている。つかめないし実感は具体的な長さが規定できるわけじゃないから。主観でしょう?

東　うたた寝の時間とか全然計れないもんね。一分でも複雑な夢を見てる時もあるし、一瞬だと思ったら二時間くらい寝ている時もある。実感の単位も一秒とかこまかいのがあって、陸上とか水泳だとその単位がもっと小さくて、永遠に小さくなる感じがするほど。逆にやたらと数が大きくなる方向のものもある。それを数字で表すとものすごく怖い。

●その時間だけは私のものだったあなた

穂村　だから具体的に計れる瞬間を人は求めるところがあって。

全身を濡れてきたひとハンカチで拭いた時間はわたしのものだ　雪舟《ゆきふね》えま

外から濡《ぬ》れて入ってきた人は、ハンカチで拭かれてる間は、棒立ちなわけだよね。で、その時間だけは完全に私のものだったあなたよ、という切実なもの。拭かれている間に携帯を見ていたりしちゃいけないわけです。ただ子供のようになすがままになっている。

女の人がボケると、自分の子どもが小さかった頃に戻るという話があるでしょ。それは、確実に私のものだったあなたたち、という思いなのかなと思う。重い時間だよね。

東　私だけのものの時間っていうのは、本当はもっといろいろあるでしょう。たとえばキスしてる時間とか。そのほうが濃密なんだろうけど、この場合は、ハンカチで拭くという特別で慎ましやかな一時的関係性がいいよね。全身が濡れているので、向こうは弱い存在なわけでしょう、それをケアしてる時間。まさに私だけのもの、という。

穂村　ギャップがあるほうがいいのかもね。この人はすごく優秀なサッカー選手だけれどハンカチで拭いた時間はわたしのものだとか。
東　幼子に返る感じだよね、ハンカチだと。
穂村　これはどうかな。

洗濯機の
**　　レンジの**
**　　　　ビデオデッキの**
**　　　　　　デジタルの時間少しずつずれてる　　　　もりまりこ**

本当の時間というのはないわけだけど、さっき不治難病の自分が時計だと言ったように、自分の生命が唯一無二の主観時計で、それが周りのずれた客観時計に囲まれることで、狂いそうだよという。現代生活をしてる人間は、お天道さまとともに起き、ともに寝るみたいなことはできない。そういう現代生活へのいらだちというか。

●止まっていた時が動き出す

穂村　時間を直接詠ったものもある。

花もてる夏樹の上をああ「時」がじいんじいんと過ぎてゆくなり　香川進

どうしてこの時間だけが可視化されたのかという謎が残るけど、じつはこれは敗戦の年の夏なんだよね。この歌からだけじゃわからないけど。それまで凍りついていた我々の生命時間が、戦争が終わったその夏再び動き出したということ。「じいんじいん」というのがいい。止まっていた時が動き出したんだよね。

東　「じいんじいん」の体感はわかるなあ。戦争の時で止まってる歌もある。

六十年むかし八月九日の時計の針はとどまりき　いま　竹山広

そこからの時間が、だるま落としのように自分につながっているんだという感覚。

穂村　原爆資料館に被曝《ひばく》した時計が置かれてるけど、時間は止まらないのに時計は止まっている。

東　六十年前を今歌っているという歌で、それが最近出た歌集に入っていたんですよね。

●時計を覗くとはるかな宇宙が見える

穂村　宮沢賢治の歌にこんなのがあります。

父よ父よなどて舎監の前にしてかのとき銀の時計を捲きし　　宮沢賢治

中学生だった頃の歌です。お父さんが舎監にうちの子をよろしくみたいに挨拶した時に、銀の時計を出して捲《ま》いたっていうもの。お金持ちの象徴だよね、銀時計。お父さん、なぜあの時に見せつけるように時計を出したのっていう、恥ずかしいという気持ちだろう。彼は非常にシャイなところがあるから。それと同時に、宇宙を司る神への異議申立てでもある。時計というのが宇宙です。あるいは、我々全てを司る根源的時間を支配する神と言ってもいいかもしれない。神よ神よ、という訴えかけ。まあ、宮沢賢治だと思うからそう見えるのかもしれませんが。

東　十三、四歳ぐらいの作品ですよね。お父さんに反発心を抱いていたのかな。
穂村　時計の歌をもうひとつ。

なぜにかく男子《をのこ》ばかりが押し合へる　時計修理承りどころ　　葛原《くずはら》妙子

つまり時計に女性が関心を持つ場合は、主にデザインとか宝飾とかである、と。そして、メカニズムに興味を持つのは男だと言っているわけです。時計の修理コーナーに、どうして女は一人もいないのかと。
葛原が書くとすごい迫力で、これは摂理だよね、言っているのは。なぜ我ら女は時計の意匠に目がいき、おのこらはメカニズムに目がいくのかという。「なぜにかく男子《をのこ》ばかりが」の問いかけ先は神です。性別に対する根源的な問いかけに見える。「時計修理承りどころ」が男子専用のごきぶりホイホイみたいに見えてくる。
東　男の子ばかりが世の中に受け付けてもらえて、男の子ばかりが時間を操作できるというのを、暗に匂わせてるのかもしれませんね。たしかにすごい迫力。
穂村　そうですね。こんなのもあります。

霊柩車を先立ててゆくバスのなか不意に時刻を問ひし人あり　大西民子

現実にそういうことがあったんだろうと思うんだけど。誰かが死んでもその腕の時計は止まらない。ただ、時計が示す時間とは別に、その死んだ人の時間は止まったわけです。でも、霊柩車《れいきゅうしゃ》の後ろのバスに乗っている人は生きているから、さっき話したように一人一人が時計だとすると、その時計は動いている。そこに、時にあなたは何時？　という問いかけがある。この「時刻」というのは、現実には今何時ですか、ということなんですが、ここで感じられるのはもうひとつの時間です。つまり、自分の人生を時計の時間でいうと何時か？　ということ。

僕なんかもう夕方になっててがっかりみたいな（笑）。もう日光浴できない時間なんだ、まだ午前中の人もいれば正午の人もいる。夕方以降の人はもう太陽が拝めないんだという感じになる。二重性で、時計を見ることはできるけど、真実の生命時間は見ることはできないということですね。

時計で、もうひとつ。

はろかなる星の座に咲く花ありと昼日なか時計の機械覗くも　前川佐美雄

時計はもともと星々の運行をモデルにした機械だからひとつの小宇宙なんです。だから、さっきの父が銀の時計を捲くのが神のメタファーだというのはあり得ると思うんだ。で、もともと天体の動きを真似して作っているから、時計の機械を覗くとはるかなる宇宙が見えると。すごい歌だよね。

●「眠つてよいか」

穂村　時間濃度が強い歌は読んでいて面白いよね。それはたぶん、時間の感覚をだれもが共有しているから。生まれてからずっと死に向かって着実に時間が進行している。僕も時計あなたも時計という話だからだろうと思う。

東　それで思い出した。こんな歌があります。

あな欲しと思ふすべてを置きて去るとき近づけり眠つてよいか　竹山広

結句が迫力ありますよね。さっきの歌のように、六十年の時を超えた歌を作った竹山さんですが、彼は長崎で被曝してその後病気がちの人生を送ったんだけど、九十歳まで生きた。これは亡くなる数年前の歌です。「眠つてよいか」は、睡眠じゃなくて、死んでもいいかという意味だよね。

穂村　みんなミッションがあるから。だれでも「眠つてよいか」という問いかけを愛する人にはする必要があるだろうし、社長さんなら、全社員に向かって、わしはもう「眠つてよいか」と言わないといけないわけで（笑）。「あな欲し」という個人の思いと同時に、竹山さんの場合は、全日本人に向かって、原爆体験者としてもうここまでその体験を短歌にしてきたけど、そろそろ自分も仲間たちの待つ向こう側へ行っていいかと問うているわけですね。自分が死ぬと原爆を語る日本人が一人減るけれども、すまないけど先に逝かせてもらう。そんなニュアンスに読めます。

東　しかもこれは、歌集のタイトルなんだよね。『眠つてよいか』。

穂村　友人の歌人は、思わせぶりだって言ってたけどね。僕はいいと思うけどなぁ。

東　私も竹山さんだから言える言葉だと思います。

穂村　そうですね。

東　自己劇化みたいで嫌なのかな。

穂村　確かに男の身振りの感じはあるかな。

東　女性なら一人で、宣言せずに寝る気はする。

穂村　そうか。

東　たとえば小池純代《すみよ》さんの歌。

さやうなら煙のやうに日のやうに眠りにおちるやうに消えるよ　　小池純代

穂村　欲望の持って行き方が、一人で解消しますよっていう感じがするよね。「眠ってよいか」って他人への問いかけだからね。

第六章　豊かさと貧しさと屈折と、お金の歌

●物質としてお金を睨《にら》みつける

東　お金の歌ということで最初に思いついたのは、永井祐《ゆう》さん。お金の歌を一番たくさん詠んでいるのではないかと思います。第一歌集の『日本の中でたのしく暮らす』の中に入ってるんですが、第一歌集にお金の歌があること自体珍しくて、こんなにたくさん入っているのはこの歌集が初めてじゃないかと思います。すごくお金に意識的で、五円とか一千万とか幅広く具体的というのが特徴です。

この人がなぜこんなに具体的にお金のことを詠んでいるのか考えてみると、今の世代というのが見えてくる気がします。永井さんは八十年代生まれ。不況の時代を生きている若者で、フリーター感覚というか、浮遊するような感じがある。

たぶん一時間いくらで自分の時間を買われているという意識が根底にあって、短歌を作っているのかなと思いました。ある種の絶望感をお金で示しているんじゃないかと。

何してもムダな気がして机には五千円札とバナナの皮　永井祐
大みそかの渋谷のデニーズの席でずっとさわっている1万円　同
五円玉　夜中のゲームセンターで春はとってても遠いとおもう　同

五千円札がバナナの皮と並べてあって、モノとして机の上に置いて見てる。二首目の一万円札のほうはちょっとおもちゃ的な、ライナスの毛布みたいな感じ。少しめずらしいもののように見ている。お金というものに絶望しているし、お金を儲《もう》けることが勝ち組みたいな意識に対する反抗というものがあるんだと思う。だから、五千円とか五円玉とか、厳密なんじゃないかと。

穂村　五千円札とバナナの皮とか、五円玉とかは札、玉まで書いている。一万円もたぶん一万円札のことなんだよね。

五千円と五千円札、一万円と一万円札、五円と五円玉は違う。通常の大人の意識っていうのは、札や玉のところにはないんだよね。お金はお金という抽象概念になっているから。でも永井くんはそれをわざと物質に引き下ろそうという意識が強い。たとえば、バナナの皮と並べると否応なく物質になるでしょう？　そこがポイントで、僕らはお金を札や玉として意識していないのに、それが札や玉に見えてくる瞬間を捕まえようとしている。

その瞬間はいつなのか？　子どもの頃のお年玉はまだ物質的な感覚で見えていたように思う。大人になるにつれて札が紙であるといった感覚が希薄になっていく。あとは、きっと明日死ぬぐらいまでなってくると、札束がほぼ紙束に見えるし、一万円が紙に見えるだろうっていう感じ。永井くんは子どもでもないし、まだ明日死ぬという状況ではないのに、どこかニヒルな感じがするよね。物質としてお金を睨みつける、と言うとおかしいけれど、そんな眼差《まなざ》しがこの感覚を支えているんだろうと思う。

東　お金のために人生を摩耗したくはないが、お金がないと生きていけないっていうのをヒリヒリと感じていますよね。戦後すぐの、貧富の差が激しかった頃の歌がこれ。

ただひとり吾より貧しき友なりき金《かね》のことにて交《まじは》絶《りた》てり　　土屋文明

貧しさを書いてるけど、永井さんと違って「貧しさ」というカテゴリーで大きく捉えてる。これもそう。

吾がもてる貧しきものの卑《いや》しさを是《こ》の人に見て堪へがたかりき　　土屋文明

このふたつはつながってるんじゃないかと思う。お金の貧しさと心の貧しさを重ねあわせてるんだけど、それだけじゃなくてお金そのものを、概念的なもの、精神的な抽象的なものとして扱ってきてると思うんですよね。奥村さんのこの歌もそういう感じがする。

奥村は源泉徴収でボーナスの四分の一を国に取られた　　奥村晃作《こうさく》

お金を取られた、と詠んでいるけど、これも精神的な何かを搾取されている感じを描いている。

永井さんの場合、お金が抽象的なものではなくて、物質感のある具体的なキャラクターというか。それにリアルに向き合わざるをえないんだという感じが見える。自分の生き方とか、これからの絶望も希望もこれ次第という、屈折したものを感じます。

●大晦日《おおみそか》にデニーズにいるのは貧しいのか豊かなのか

穂村　土屋文明には、

旱《ひでり》つづく朝の曇よ病める児を伴ひていづ鶏卵《たまご》もとめに　土屋文明

「鶏卵」があれば子どもに栄養を付けさせられるのに、というのがある。カロリーがまだ善だった時代で、僕らの頃も太った子がほぼ健康優良児に選ばれていたよね。お金があれば卵や牛乳やバターが買える。そういう単純な関係性で、実際それが実現したのは八〇年代。

君と食む三百円のあなごずしそのおいしさを恋とこそ知れ　俵万智《たわらまち》

四百円にて吾のものとなりたるを知らん顔して咲くバラの花　同

消しゴムを八十円で新調す　時計のベルト変えて二学期　同

三百円や四百円や八十円は自由になるお金で、健全にそれで消費を謳歌《おうか》している。

大きければいいよ豊かなる気分東急ハンズの買物袋　俵万智

これが批判されたけれど、ここまではまだそんなに複雑な話じゃない。お金があれば欲しいものが買えて楽しいっていうことでしょう。

土屋文明の頃はお金がないから、ほしいものや栄養価があるものが買えなくて、貧しくて苦しかった。単純に日本人の夢がかなった時代というのが八〇年代、俵万智さんの時代。そこから三十年たって、永井くんになると不思議な様相を帯びていて、もう一度、一周回った貧しさの中にいる。でもそれは、かつての真っ当な貧しさとは何か違っていて、バナナは何本でも食べられるし、大晦日の渋谷のデニーズで一万円持っている。これは、貧しいのか豊かなのかよくわからないわけです。大晦日にデニーズにいるというのが貧しいといえば貧しいし、豊かといえば豊かという。

東　生命の危険はない状態なんだよね、永井さんの描いている世界は。

穂村　栄養失調になるというレベルではなくて、ユニクロと牛丼があれば、衣食住のうちの衣食はなんとかなる。永井くんの場合は自宅に住んでるから、住も確保されていて、牛丼はかなり美味《おい》しいし、ユニクロでも十分おしゃれだし、昔の高い服より今のヒートテックのほうが暖かいかもしれないし（笑）。そういうような状態での貧しさ。

東　消費することへの批判的なまなざしというか、消費イコール楽しい、というだけの一方向性が恥ずかしい、みたいな感覚がある。

穂村　なんかダメージを受けてるよね。俵万智さんのノーダメージな健やかさに比べて、この意識の中にはどこか屈折感がある。だから仮に一千万円あってもみんな友達に配る。

1千万円あったらみんな友達にくばるその僕のぼろぼろのカーディガン　永井祐

もしかしたら宮沢賢治はこうだったかもしれないよね。宮沢賢治は貧しい場所と時代の人だけど、本人の家はお金持ち。教え子が貧しくて着るものがないと、自分の上着を貸してやったりしている。自分だけお金持ちでも、全員が幸福になれなければ幸福ではないみたいな理想がある。

●一筋縄ではいかない、リアル

東　でもこれ、本気なのかどうかわからないよね。一千万円あったらって。

穂村　本気だとは思うんだけど、その本気さが昔の道徳的な善き行いというニュアンスとは違うんだと思う。ひどく苦い私が、やはり苦く生きている友達に一千万円を配るというニュアンスだから、ボロは着てても心の錦って話じゃないんだよね。でも年配の人はこれを対比的に読んじゃうと思う。ボロボロの服を着ているけど心がきれいだからお金があってもみんなに配るというふうに読まれかねない。で、それをわざと誘導しているような、一筋縄ではいかない、けれどもリアルな感じがあるんだろうね。これによってしか表現できない、というところを突いている。

東　平岡さんの歌と比べてみたらどうだろう。

ありったけの小銭をきみの手に落とし持っているものすべてを教えて　平岡直子

自分の持っているもの、お金を、小銭だけどそれを渡すっていうのは、永井さんの歌と構造的には似てる。でも、小銭を渡す代わりに何かを教えてくれと言ってる、その行為だけじゃないような。

穂村　これも微妙だよね。札束を持っていればありったけの札束をあげるのかどうか。彼女には小銭しかない。だけど私にとっては大富豪にとっての札束に匹敵するのよっていう話でいいのかどうか。それでいいとすると、昔からあるタイプの歌っていうことになるけど、どうなんだろう。それだと、なんかちょっと、何にもない中城《なかじょう》ふみ子になりそう。

遺産なき母が唯一のものとして残しゆく「死」を子らは受取れ　中城ふみ子

構造としては似てるんだけど、半世紀以上前のこの歌はやっぱりぜんぜん違う。

東　それにこの歌は、言ってることをもっとストレートに受け取っていい。

穂村　そうそう。中城のは本当っていうか、そのまんまだね。その通り受け取っていい歌だけど、なにか平岡さんのこの感じの中には、永井くんの「友達と僕」の関係と似たものが、「きみと私」の関係にもある気がするんだよね。ある運命共同体の中のつながり。

東　たしかに同じ世界の人っていう感じがしますね。年下でも年上でもなく。永井さんの歌の中に出てくる人もほぼ同世代、離れていても二歳くらい。大学生の先輩後輩くらいの範囲といった感じがありますよね。

奥村さんのはすごく分かりやすいけど、笹井さんのはよくわからない。

二千円札をひとさしゆびに巻く平和ってどこから平和なの

笹井宏之

二千円札をひとさしゆびに巻くっていうのが、一万円札をずっと触ってるのと同じで、おもちゃのように見える。

穂村　二千円札って幽霊みたいな札だよね。あるという話だが見たものは少ないっていうような。それが、愛とか友情とかも、あるという話だが見たものは少ないっていう話につながり、その究極で、日本は戦後ずっと平和だという話だが見たものは少ない、みたいなことかな。これは塚本邦雄以降の、ある種のポエジーのあり方で、僕だって作るかもしれない。

東　きちんとパズルのピースが合ってるってことですね。

穂村　底が抜けてない作り方でしょう、これは。でも永井さんのは、底が抜けた人の作り方だよね。

●衣食住は揃《そろ》ってるが地獄だ

東　たしかに。面白いんだけどなかなか説明しづらいものがある。

パーマでもかけないとやってらんないよみたいのもありますよ　1円

永井祐

……って、なんなの「1円」。いったいなに？　て感じなんですけど。

穂村　衣食住にパーマ、いろんな物が揃っていてもなお、「やってらんないよ」という感受性。それを彼はアピールしていると言っていいんじゃないかな。そういう世界を見ろという感じで。

衣食住が揃っていればいいだろうという価値観に対するアンチテーゼって難しいところがあって、何ほざいてんだと戦争体験者に言われる可能性が、それ以降の世代には常にある。それが、永井さんの世代に至ってついに、いや、でも、と言い返しが始まったというか。

東　何が悪いんだよ、というような？

穂村　衣食住は揃ってるが、みたいな。

東　希望を持てないんだよ、ということね。

穂村　十人いる子どもの三人を戦争で殺された、という人に対して、それでもあなたのほうが幸せだ、と言いかねない空気があるのでは。だって、僕は結婚もできないし子どもも持てない。十人も子ども作れたんでしょう。今、十人子ども作るなんて大富豪ですよ、みたいな。だから、奇妙だよね。戦時中なんて餓死する子どももいたんだし、食べてるものははるかに今のほうが豊かなのに、でも、十人子どもは持てない。子どもがいっぱいいる親なんて普通だったわけだから、昔は。そうすると、ここに、何かある強烈なぶつかり合いが生じるよね。

東　藤島秀憲さんという五十代の歌人がいるんです。十九年間も親の介護をしていたときに定職につくことができなくて、非常に厳しい状態にあるんだけど、その厳しさのなかで書かれたこの感じと、永井くんのは、違うものなのか似ているのか……。

川の面に黄色い靴の浮かべるを礼金0の部屋に見ている　藤島秀憲

何だろう、藤島さんはそれほど絶望していない。

穂村　これはあるよね。このレトリックは。

東　たしかに短歌的なレトリックかも。

穂村　「礼金0」の表現が唐突にデジタルだっていうところがこの歌は面白いと思うけど。

野口あや子さんには、「互いしか知らぬジョークで笑い合うふたりに部屋を貸して下さい」っていうのがあった。部屋がなかなか借りられないっていう。そのほうがやっぱり若いのかなぁ。

●突然デジタルになることで詩が生まれる

穂村　「礼金0」は、この歌の裏返しみたいな感じだね。

一月十日　藍色に晴れヴェルレーヌの埋葬費用九百フラン　　塚本邦雄

詩の中に唐突にお金が出てきて、ちょっとびっくりする。ただそれがフランだからね。おしゃれな感じ。対して藤島さんのは、礼金0っていうプアなものを持ってきているんだけど、でも詩の中に突然金額を出すというレトリックは構造としては同じ。それをプラス方向に出すか、マイナス方向にへこませるかの違いかな。

東　山崎聡子《さとこ》さんのと同じ使い方かな。

握ってから「五ドル」とわたす国際電話カードの赤い地球のことは　山崎聡子
銃殺を見た俺なのだミュージックビデオに揺れる50《フィフティー》セント　同

「50セント」はアメリカのラッパーらしいのですが、お金がゆれているというイメージが浮かびます。

穂村　塚本なんかには、突然デジタルになることで詩が生まれるみたいな感覚があるから。

蕗むきつつおもふべきことならざれど馬の赤血球七百萬　塚本邦雄

こんなふうに突然数を出してきたりする。

東　九百フランと言われても全然ピンと来ない。五ドルと五十セントならわかるけど。お金って、その人の生きた時代の価値観とリンクしてしまうところはあるかなぁ。

穂村　短歌の中に出しやすいお金と出しにくいお金があるよね。お金持ちは年収とか出せないでしょう。

東　出しても面白くないでしょう。

穂村　でも、借金はみんな堂々と出すよね。

借金のつくる不思議な時間かな三十年後の藤の花まで　吉川宏志《ひろし》

信長が斃《たほ》れし齢《とし》にわれなりて住宅ローン残千八百万　小池光

東　病気とか失恋が短歌になりやすいのと同じじゃない？

穂村　うん。ローンっていうのはまた、実際のお金というより時間って感じもするしね。借金の歌はかなりあると思うなぁ。

東　お金があって嬉しいって書けるのは子ども時代までという気がします。

穂村　お年玉総額いくらみたいな（笑）。

東　私が詠んだのも、おばあちゃんにもらったちり紙に包んだお金。四十三歳の時に、最後にお小遣い貰《もら》ったなぁ、やっぱりちり紙に包んで。

ちり紙にくるんだお金てのひらにぬくめて帰るふゆのゆふやみ　東直子

旧仮名で書くとノスタルジックになって、お金を描いてもあんまりいやらしくないかな、という気もしていたかもしれない。

●親の収入を超せない世代のリアル

穂村　お金が出てくる歌というのは、ある時から若い歌人の歌集に増えたね。たぶん、花山周子さんくらいからかなぁ、僕の印象では。

東　そうですね……。石川美南《みな》さんとか雪舟《ゆきふね》えまさんのにはなかったと思う。山田航《わたる》くんにもなかったんじゃないかなぁ。

穂村　山田くんはあるんじゃない？

たぶん親の収入超せない僕たちがペットボトルを補充してゆく　　山田航

東　この辺は永井くんと同じだよね。親の収入超せないってリアル。その意識は深く深くあるみたいね、特に男子に。

穂村　我々に近い加藤治郎《じろう》さんは自分の脳内はまだバブルだって言ってたけど。

東　まあ、不自由せずに来た。

穂村　僕らのころはまだ、お金の話なんてするもんじゃありません、というような教育だった。

東　ざっくりと「清貧」という語で表されるような感じね。お金の話は下品だと言われたし、思ってた。

穂村　あるときから急速に、お金を儲けることがてらいなく善だということになったよね。かなり最近だよね。

東　いい生活をしたいという願望はあった。便利で美味しいものを食べて広い所に住みたいみたいな。土地を買っておけば必ず値段があがるとか、貯金しておけば必ず利息で十年後には倍になるとか。それも、自分一人で稼げばいいというわけでもなくて、ちゃんと妻子を養い、ファミリーを大きくしていくっていう考えの先に「いい生活」があった感じがする。今は、もっと個人的になってるんじゃないかな。お金が、自分一人のお金という感覚になってる。

●なんかモヤッとする、それが短歌

穂村　前出の奥村さんの歌（一三八頁）は、「奥村は」ってしているところが、ちょっとした技なんだよね。

東　「私」じゃダメで、「奥村」という、ある日ある時のある日本人の一人がこういうことになりましたという客観性が必要なんですよね。

穂村　そこが散文とは違うんだよね。全体がいくらかわからないから、四分の一という割合が示されていても、それがいくらかはわからない。散文とは情報の扱い方の順番が違っている。奥村さんは、すごく散文的な文体で書くことで、その狂いみたいなのを拡大する。ボーナスのうちの五十万を国に取られたとか三十万を国に取られただと、その一文で散文の要件を満たしてしまうけど、「ボーナスの四分の一を国に取られた」だと、なんかモヤッとする。いくらなんだよって（笑）。そこが短歌。

東　具体的じゃないものね。ボーナスというお金の塊の四分の一っていうのが漠然とあるだけ。

穂村　額を出さないことで、それぞれ年収がバラバラの田村とか中村とか吉村とかいろんな人間が、みんなボーナスの四分の一を取られる、みたいにイメージが広がる。

東　お金という数字で表せるものなのに意外と具体的じゃなくて、その上のボーナスとか源泉徴収とか項目は具体的。だから妙に対照的で、何の比喩にもなっていないのに、なんとも言えない可笑《おか》しみがにじむ。

穂村　国に取られたというのも、わざと大摑《おおづか》みにしてるわけだよね、税務署に徴収された、とかでなく。国対奥村っていう構図にして、極度に単純化している。

東　遠近感が変なんだよね。「国に」なんて、ファンタジー性が出てきちゃう。

穂村　短歌というのは、情報をきちんとフォローするだけの長さを絶対にとれない。常にそうであることがわかりきっている。だから逆に、短さの扱いがポイントになりますよね。奥村と言ったって、いろんな奥村がいるわけだけど、それを特定なんかできないし、しない。

東　「奥村は」という表現が、農民が年貢で収穫の四分の一を収めるみたいな感じの、歴史の中の、あるいは物語の中の一人物みたいな雰囲気を醸し出すんですよね。

穂村　そうだね。なんかおかしいよね、奥村さん。

然《さ》ういへば今年はぶだう食はなんだくだものを食ふひまはなかつた　奥村晃作

ゲンジボタルの尻が発する光をば見んとぞわれら泊りがけで来ぬ　同

東　「泊りがけで来ぬ」とか。命がけみたい。

穂村　情報の出し方が変だよね。

東　天然でやってるのか計算でやってるのか、わからない。

穂村　計算もあるよね。

東　奥村さんの歌、真似《まね》しようと思っても絶対にうまくいかない気がする。今は、お金をもう単純には歌えないよね。土屋文明みたいにはもうできない。

穂村　でもたぶん土屋文明の歌（一三七頁）も、そんなに普通の歌い方じゃないと思うな。なにか奥村さんとか永井くんみたいな、ある強い意識でわざと歌った歌なんじゃないかなぁ。当時のナチュラルな歌い方がこうだったとは思わないな。すごく単純化されている気がする。「ただひとり吾より貧しき友なりき」も、本当なのか？　と感じる。「金のことにて交絶てり」も「四分の一を国に取られた」じゃないけど、なにか詳細がまったくわからない。貧すればなんとやらみたいなことが、そのまま短歌化されているふうにも見えて、人間のある精神圧みたいなものを感じるね。永井くんのも奥村さんのも土屋文明のも。やってやるって感じで、やってるのでは。

東　倫理観と闘ってる気もする。

穂村　金の話はしたないという考え方にも、その逆のお金万歳みたいな風潮にも、両方に対するアンチというか、どちらもよしとしない。

東　お金があればいいとはもちろん思っていないですよね。

穂村　わざとラフな言い方をしてるでしょう。「金のことにて」なんて。

東　いろんなことをざっくりと書きますよね、土屋文明は。頑固オヤジっぽい感じで。

穂村　短歌というのはどちらかというとその逆のことが多いから、ちょっと目立つメンタルだよね。散文的というか、わざと、ざっくりやってやるっていう。

●何でこんなにハイテンションなのか理解できない

穂村　好きなところに行ってなんでも好きなものを食べるっていうレベルなら、べつに庶民でも実現できるものね。

東　食べるのはできるよね。

穂村　家電とかも全クリアできるしね。スマホも持てるし、あたたかい洋服も買えるし。やっぱり住居かな。住居や車以外は自由になるよね。今の庶民が一番幸福なんじゃないかな。

東　なのにそうは言えない雰囲気なのはどうしてだろう？

穂村　よくわからないんだよね。自分が若い時だってお金ないのは普通だったし。

東　でも違うんだよね。三百円の穴子寿司は食べられたし。

穂村　実際に全く恩恵に預かっていなくても、社会のテンションに浮かされるとか逆に沈められるみたいなのがあるんだよね。「親の収入超せない僕たち」みたいに言うけど、そんなのほんとうはどうなるかわからないわけでしょう。未来のことなんてわからない。それでも、今現在に吹いている未来からの風みたいな、そういうものが短歌というジャンルにはすごく反映するんだと思う。

東　もしバブルがなくて、戦後すぐの貧しかった時代と今が直結してたら、今みたいな気持ちにならないのかな。持っているアイテムからすると、今の子のほうがずっとお金持ちな感じだよ。私たちが若かったときには、携帯もパソコンもなかったし。

穂村　戦後の「若く明るい歌声に　雪崩は消える花も咲く」「父も夢見た母も見た（「青い山脈」）」みたいな流れは、バブルまでは一貫してあったよね。途中までは、そのカウンターがアングラとか学生運動としてあったけど、万博以降はバブルまで一直線だったように思う。進化発展は善なり、みたいな感じ。

東　バブルの時って、ボディコン着てマハラジャ行って踊ってるっていうイメージがあるでしょ。ちょっと下の世代が私に、そういうことしてたんでしょ？　って言うわけ。私はしてないって（笑）。そんなことしてたのは、ごくごく一部じゃない。なのに、社会全体がバブルでウキウキしていたっていうイメージがあって。で、そういう単純な楽しさっていうのを僕たちは持てないんだって思ってる。

穂村　短歌の世界に限定して言うと、俵さんとか加藤治郎とか僕がバラバラでありながら共通しているのは、欲望に対して肯定的だっていうこと。それが口語短歌と結びついていたから、初期に口語で出た歌人はみんなそうだと思われて、そんなにてらいなくていいのかお前らっていう、その違和感ですごく叩《たた》かれた。単に口語が異質だったっていうだけじゃなくて、その背後にあった欲望の肯定が受け入れられなかったんだと思う。あの真面目な林あまりさんだって、キラキラしたテンションの高さはあったから。

東さんと年齢はほとんど変わらないけれども、短歌のデビュー年齢は若干時差がある。それ以上に、欲望に対するスタンスがニュートラルだよね、東さんの口語は。

東　欲望まっすぐなのはないね。

穂村　テンションがちがう。

東　どっちかというと絶望に傾いている。

穂村　そのあたりに、口語短歌の成熟というか落ち着きを――その時は言語化できなかったけれど――後からは感じました。やがてそういうものは珍しくなくなって口語も成熟してバリエーションができるけど、最初期の口語の使い手はみんな欲望肯定派だった。

東　加藤治郎さんがスモールトークって自称したのが象徴的だと思うんだけど、口語で詠《うた》うからにはおしゃれで軽やかに、という当時の口語短歌の枠組みがあった。ライトヴァースとか、ニューウェーブとかの言い方もね。喫茶店じゃなくて、カフェ的なおしゃれでなければならぬみたいな。

穂村　中島みゆきじゃなくて松任谷由実《まつとうやゆみ》か。

東　そう。ポップ。

穂村　永井くんは、そういう僕らの世代の口語の文体では、自分たちの生活実感は歌えないっていう確信があったと言っていて、それはそうだろうなと思う。斉藤斎藤《さいとうさいとう》も、何でこんなにハイテンションなのか理解できないって言っていて、それもそうだろうと思う。ただ、僕らが岸上大作がなんであんなに青臭いのか理解できないっていうのと同じで、理解できないと言いつつ時代の中で見れば理解できるし、もちろん彼らだって時代の中で見た時の感触はわかると思う。だから「理解できない」というのは、自分たちには、受け入れがたいってことなんだよね。

東　明るくて軽やかで欲望に忠実だから否定するっていうのも、おかしな話だよね。だってそうなんだからしょうがないじゃないっていう。

穂村　文学だからね。あと、嫁姑《よめしゅうと》みたいなもんかな。嫁がボディコンだったら、うちの嫁はチャラチャラしててって言う、みたいな。いえいえ嫁じゃありませんからほっといてくださいっていうのは、通用しない。歴史的なつながりを重視する短歌の世界では。いや、嫁だろう！　ってなる（笑）。

●皆が知らない固有名詞だと効果が発揮できない

東　固有名詞の短歌もいろいろあって、穂村さんは人名に特化してますよね。しかも、『岩波短歌辞典』に出てくるような有名な人ではない。でも、どこの誰かわからないけれども、名前が具体的に書いてあるということで、あるイメージが漂いますよね。

穂村　有名人の場合は、イメージがパッと浮かぶよね。でも、その人を知らない場合には、全く効果が発揮できないということになる。どんなに自分にとって有名でも、アントニオ猪《いの》木《き》を知らない人は、今はたくさんいたりする。僕の短歌だとこれ。

「酔ってるの？　あたしが誰かわかってる？」「ブーフーウーのウーじゃないかな」

穂村　ブーフーウーは今誰も知らない。発表したときはみんな知っていた固有名詞が、三十年後には誰も知らない名前になった(笑)。

東　この前、四百人近い学生に聞いてみたけど、一人として知らなくて、シーンとなった。

穂村　ショック！　彼らの親はみんな知ってると思うけど。それじゃこの歌は意味不明になっちゃうよね。

東　うちの娘にも聞いたら、知らないけど、ブーフーウーってひびきが面白いからいいんじゃない？　と言ってたよ(笑)。

穂村　これは、三匹の子豚の名前で、ブーとフーとウーのウーが三兄弟の末っ子で賢いってことを知らないと、愛のスイート感が出ない。君は子豚だけど可愛いよっていう微妙なところが伝わらないと……。

東　正確に読み取れる人が少なくなったということですね。

●具体名を出すことで強い歌になることもある

穂村　その点、自分の知人の名前の場合は、そもそも誰だかわからない。でも、そういう人がいるんだろうという感触が、具体名を出すことによって、強まる効果がある。

キミさんは帰らせまいと離さない明日には忘れる我のこの手を　櫻井《さくらい》毬子《まりこ》

東　キミさんというのは今の若い子にはつけない名前だし、ずっと前の名前だということは伝わると思うので、年を取った人だっていうイメージは残るよね。
穂村　うん。ストレートないい歌だと思うよ。明日には忘れるっていうところがポイントで。キミさん本人が高齢なんだと思う。
東　私の手を取って離さない。この手を握ったことさえ忘れる、おばあさんだってことだね。

さようなら　ええさようなら　つくし摘む文子さんは顔を上げない　野寺夕子

穂村　これも、文子さんって名前が何となく合ってるように感じるんだよ。
東　そうね。
穂村　文子ってつくしを並べたみたいな形だし。いずれも、おばあさんは帰らせまいととか、あなたは顔を上げないとかに加えて、このキミさんや文子さんと名前を入れることで短歌として何か効いてるような気がする。

東　そうですね。文子さんってまじめそうな感じがするしね。
穂村　うん。
東　名前がまとうものがある。例えばこれ。

健さんのジャンパーどこで売ってるの見知らぬ町で売ってそうだね　　横山ひろこ

穂村　これは知り合いの健さんかと思いきや、最後まで読むとどうも有名な健さんらしいと分かる。
東　高倉健ですよね？
穂村　本当にそうなのかどうかは分からない。だけど、読むと何となく高倉健だなって感じがする（笑）。
東　見知らぬ町で売ってそうなジャンパーっておかしいよね。
穂村　そう。そこが何か面白いところで、つまり、実際にはどこにでも売ってそうなんだよ。でも、それをどこでもあってどこでもないような場所として見知らぬ町と表現してる。
東　何かわかる気がする。健さんのジャンパー、ちょっとデザインが古くて……。

穂村　健さんってそういう存在だもんね。健さん自身が、見方によっては、そこらのおっちゃんのようにも見えるという設定の有名人だから、ブルゾンじゃなくてジャンパーってところもその感じをよく捉えてると思う。

東　そうね。見知らぬ町では時が止まっていて、健さんが生きてそうだし。

穂村　地方都市って感じがするよね。

東　ほかの名前にすると、この歌は成立しない感じがする。そういうふうに、あるキャラクターを利用するっていうことだね。舟さんの歌もそういうことだよね。

愛してくださっているのですかと耳を疑った、舟さんの声　　横山ひろこ

穂村　作者はマスオさんの歌の人と同じで、この人は「サザエさん」ものを書くと、妙にうまい。

東　毎週見てるんだろうな。

穂村　これもいいところを突いてる。

東　「愛してくださっているのですか」というセリフが効いている。

穂村　どう考えても波平は愛してるって言ったことないタイプだもんね。舟さんもそれを求めない日本のある世代の女性のイメージだけど、一生に一度愕然《がくぜん》とそういう問いを発したみたいなシーンかな。

東　耳を疑った舟さんの声、これは、その問いに耳を疑ったということですよね。

穂村　波平の愛の言葉に耳を疑った。そのときの舟さんの声っていう感じかな。これも健さんと同じで、舟さんが誰だかわからなければ、成立しない短歌でしょう。

●まとうイメージは時代で変わる

夕照はしづかに展くこの谷のＰＡＲＣＯ三基を墓碑となすまで　仙波龍英《せんばりゅうえい》

東　これは、ＰＡＲＣＯが一九七〇年代終わりから八〇年代初めにかけて、ぼんぼんぼんと建って、若者文化の象徴だった頃に作られた歌です。

穂村　今読むと、これが反語的な光景じゃなくて、リアル描写みたいに見えちゃうよね（笑）。

東　ＰＡＲＣＯが閉館になっていって、リアル描写になった。

穂村　まさに寂れていく象徴のような場所で、時代を予見したという感じに見えてくる。

東　その時代に、いつかこんなのも寂れるんだろうなと思いつつ、ぴかぴかのときにわざわざこう詠むという。

穂村　リアルタイムでは、たぶん繁栄の象徴を墓碑のように反転して見たというところがこの歌のポイントだった。

東　渋谷のディストピア感が出ている。でも一九八〇年の渋谷はいけいけだったから、あんまりそういうふうに皆は思っていなかったんじゃないかな。

穂村　そのことに作者は心の中で不満を持っていたから、この歌ができたわけだよね。こんな繁栄は虚妄であるという。でも、本当のその凋落を見ることなく、仙波さんは若くして亡くなってしまった。

●素敵バイアスのない世代の歌

穂村　現代のアイロニーとしてこういう歌もある。

生前は無名であった鶏がからあげクンとして蘇る　木下龍也《たつや》

東　木下さんこういうのうまいよね。
穂村　食べられるための名づけ。やっぱり若いからか感受性のフォーカスがこういうところにびしっと合うよね。身も蓋もなく合うというのか（笑）。
東　身も蓋もない現代感（笑）。
穂村　岡野さんの歌もそうだけど、みんな素敵バイアスがない。

ラッセンの絵の質感の夕焼けにイオンモールが同化してゆく　　岡野大嗣《だいじ》

東　虚構の素敵さに現実のうそ臭さがぴったり合う。二人ともぼやかさないで、焦点合ってるよね。

あなたは遠い被写体となりざわめきの王子駅へと太陽沈む　　堂園昌彦

ちょっと難しい歌なんだけど、あなたが遠ざかっていく、だから、写そうとしている。カメラの中にさっきまでいたあなたが、ざわめきの中に紛れ込んでいくようなイメージ。で、王子駅って実際にある駅だけど、そこには太陽が沈んでいくという、何か時代を飛び越える悠久感があって好きな歌。これはほかの駅だと多分成立しないんだろうなと思って。王子駅はちょっと最果て感があるっていうか。

穂村　これも、実際の王子駅と王子という言葉がずれているということを知らないと、読みにくい歌かもしれない。

東　実際の王子駅は、ちょっと殺伐とした感じはあるよね。

穂村　そういうずれが、あると知っていたほうが、分かる。

東　少し殺伐としていて都心ではない感じとか、あんまり高い建物がなくて意外と空が広くて、太陽が沈むのが実際見えるというような、名前の印象と現実とが、妙な味わいを醸し出している。

穂村　荻窪《おぎくぼ》駅や新宿駅では合わない。

東　ちょっとうつろな感じが王子駅にはあるんだよね。

穂村　あなたは遠い被写体となり、とここでいったん切れてるんだね。

東　遠くからちっちゃくなった姿を写したんじゃない？　で、そのあと駅の中のざわめきの中へ入っていく。そして、太陽が沈んでいくという。読んだ瞬間にわーっと濃い味がくる歌じゃないけど、じっくり味わうとイメージが独特だなと思う。岡野さんの、絵に描いたような偽物感をわかりやすく歌にしたのと対照的だなと。岡野さんの歌は本当に本物の郊外で、堂園さんのは郊外の手前の際だよね。ラッセンも知ってる人少なくなるから、これも分からなくなるかもしれない。ドラえもんは分からなくならないから大丈夫かな。

ハーブティーにハーブ煮えつつ春の夜の嘘つきはどらえもんのはじまり　穂村弘

正確には「ドラえもん」だけど、わざと違う表記にしたの？

穂村　そう。

東　正しい表記は知っているけど違う表記にして、あのキャラクターだけど、ちょっとドラえもんダッシュみたいな感じ？

穂村　ちょっととろけてるような感じだよね。

東　ぼやんとした。

穂村　別にドラえもんはうそつきってわけじゃないし、もともとはうそつきは泥棒のはじまりって諺《ことわざ》との共振かな。

東　そのつながりでひらがなってことなのね。「ハーブティーにハーブ煮えつつ春の夜の」ここは音楽的で詞書《ことばがき》的働きをしてるんだよね。

穂村　そうだね。ハーブ、ハーブ、春と「ハ」の音を揃えてる。

東　ドラえもんはブーフーウーのように消えていくキャラクターじゃなくて、この先も未来永劫《えいごう》続きそうだから、これはこのまんま生きていく歌ですね。ドラえもんのイメージは時代が移ってもそう変わらないところも面白いところ。もともと未来からきてるロボットだからかな。ただ、ドラえもんが暮らしているのび太くんの家は、もう古い感じになっちゃってるけど。固有名詞は、それがまとうイメージが、良くも悪くも強く影響しますね。

第八章　表現の面白さだってある、トリッキーな歌

東　ゐゐゐゐゐゐとかるるるるとかゑゑゑゑゑゑゑゑとかを使うというのがあります。これは変則オノマトペ的なものと、記号的なものと、あとはリフレインで変速させたもの、という感じかな。

穂村　普通のオノマトペともちょっと違う気がする。たとえば、加藤治郎《じろう》さんのこの歌のポイントは文字の形だよね。鶏っぽい。

にぎやかに釜飯の鶏ゑゑゑゑゑゑゑゑゑひどい戦争だった　加藤治郎

東　表記、かな。

●あかさたな、ちりぬるを

穂村　分かりやすいところからやろうか。

べくべからべくべかりべしべきべけれすずかけ並木来る鼓笛隊　永井陽子

東　これは、助動詞の活用形を鼓笛隊の太鼓の音のオノマトペとして利用しているわけですよね。技巧的な作品で、オノマトペって項目を説明するときによく出てくる歌なんですけど。よくこのふたつを結びつけたなって感心する。こういう、本来他の意味があって存在している言葉をオノマトペ的に使うというやり方はいくつかあって、私が持ってきたのはそのひとつなんですけど。

あかさたな、ほもよろを、と紅葉散りわたしの靴を明るく濡らす　東直子

五十音の、上のところと下のところを切り抜いているんですけど、「あかさたな」が紅葉した木の上の方にあって、光が当たっている明るいイメージで、「ほもよろを」というのは葉っぱが木の下に落ちて積もっていく、くぐもった感じ。「あかさたな」は開口音で口を開けて言うので明るいイメージの音。「ほもよろを」はくぐもったちょっとこもった感じで言

うので落下のイメージ。それを利用して紅葉の散るさまとして転用しました。

穂村　なるほどね斎藤史《ふみ》の歌にもあったよね。

ちりぬるをちりぬるを　とぞつぶやけば過ぎにしかげの顕《た》ち揺ぐなり　　**斎藤史**

過ぎ去ってしまった時間とその中で死んでしまった親しい人の面影が今も残っている、ということを、「ちりぬるをちりぬるを」で表現している、というのかな。あと有名なのに久保田万太郎の俳句がある。

東　これですよね。

竹馬やいろはにほへとちりぢりに　　**久保田万太郎**

「いろはにほへと」は意味があるような、ないような感じを受けるけれども、それに続く「ちりぢり」という言葉は意味的にわかりやすいので、使いたくなるんでしょうね。

穂村　竹馬で遊んでいた子どもたちがちりぢりになったのは、夕方がきたからか、それとも大人になってしまったからか。ひとつ有名な作品があると、本歌取り的にその技法が広がっていくみたいなこともある。

ひまはりのアンダルシアはとほけれどとほけれどアンダルシアのひまはり　永井陽子

これは、真ん中に鏡を立てたみたいな感じになっていて、上下がきれいに対称になっているでしょう。これのパロディみたいな歌はいっぱいあるんだよね。

アラン・ドロンの眉間の皺はうつくしく眉間の皺のアラン・ドロンよ　加藤治郎

ちょっと冗談ぽいんだけど、たしかにアラン・ドロンって美形過ぎて、笑っているときよりも眉間《みけん》に皺《しわ》を寄せているときにたまらなくセクシーな感じがあるからね。

●繰り返しとリズム

穂村　あとは繰り返しものというのがあるよね。単純に一つの文字を繰り返すというのもあるし、一つの単語をずっと繰り返していくのもある。

東　紀野恵《めぐみ》さんの、こういう使い方もあるし。

ふらんす野武蔵野つは野紫野あしたのゆめのゆふぐれのあめ　**紀野恵**

独特のリズムが出るから。穂村さんはエレベーターガールを出してますよね。これも繰り返しの歌ですよね。

エレベーターガール専用エレベーターガール専用エレベーターガール　**穂村弘**

穂村　これは、昔聞いた葬儀屋さんの話から出てきた。葬儀屋の葬式を仕切るのが一番嫌だっていう話なんだよね。葬儀屋の偉い人が死んだ時に、客が皆葬儀屋っていう葬儀があって、それを仕切るのはすごく緊張する。そりゃそうだよね。皆に採点されちゃうから。それは当たり前で、落語家でも客席に座っているのがみんな落語家という会場で落語やるのは緊張するだろうみたいなことを思っていたら、エレベーターの中が全員エレベーターガールの時のエレベーターガールは、トップレベルのエレベーターガールで、そのトップエレベーターガールばかりが乗っているエレベーターのエレベーターガールはウルトラトップエレベーターガールだって思った。これは原理的にはずっと続くんで、どこまでもエレベーターガールの純度が上がっていく、というような歌なんです。

東　もう一首、これも繰り返しだけど、どういう意味ですか？

トンカチのイントネーションはトンカチと思い込んでた本当はトンカチ　エース古賀

穂村　見ただけではわからないというか一人一人の読者が心の中で音読して味わうというレトリックだね。

同じ繰り返しでも全然違った意味を持つものもある。

ランボルギーニらんぼるぎーにランボルギーニ Lamborghini　男はバカだ　陣崎草子《そうこ》

これは前提として、男は皆ランボルギーニの車が好きだっていう思い込みみたいなものがあるんだよね。ランボルギーニ・カウンタックとかああいう車ね。確かにそこには男女差がすごくあって、家を買うくらいならランボルギーニを買うと言ってる男は何人か知ってるけど、そんな女の人は一人も知らないから。だから「男はバカだ」になる。あと、ランボルギーニって言葉の中にランボー（乱暴）という音が隠れていて、それがなんか「男はバカだ」というのに繋がっていくのかな。

東　ただこれも、ちょっと前の時代の感覚のような気がするけれど。今の大学生でランボルギーニがどうしても欲しい人っていなさそう。

穂村　そうかもね。あとは、一見繰り返しに見えない繰り返しの歌。

祖父なんばん　祖母とんがらし　父七味　母鷹の爪　兄辛いやつ　　**課踵**

同じものをなんという言葉で呼ぶか、です。家族の歌でもあるね、これは。世代や文化圏によって同じ家族でも呼び名が違う。で、ポイントは兄が結構アホだというところで。「辛いやつ取って」って言うんだよね。これ、兄っていう感じがする。

東　リアリティがあるよね。私は「なんばん」って呼び方だけ知らないなぁ。

●声に出して読まない短歌

東　穂村さんのこのスパンコールの歌ってどういうもの？

スパンコール、さわると実は★だった廻《まわ》って●にみえてたんだね　穂村弘

穂村　この記号は、普通は読まないよね。

東　でもちゃんと字数を揃《そろ》えてたんだね。声に出して読まなかったら分からなかった。

穂村　★《ホシ》が廻ると●《マル》に見えるっていう。つまり短歌の外部に出ているレトリックというか。さっきのトンカチの歌がそうなんだけれど、だいたい予想はつくんだけど、文字で読んでいるだけでは絶対に全員が同じ読みはできないという歌なんだよね。トンカチのイントネーションがどうなのか……という。標準語のトンカチはどれかというのが、微妙に分からないというのもあって。

これもいろいろバリエーションができるよね。「ヒートテックのイントネーションはヒートテックと思い込んでた本当はヒートテック」とか。

東　「本当はトンカチ」って結句が文章っぽいよね。

穂村　「和民のイントネーションは和民と思い込んでた本当は和民」とか（笑）。これはこういうふうに完結しないところがいいのかな。いつまでも確定し得ないというほうが作品としてはよさそう。

東　言葉が動くっていうやつですね。動きまくるよね。投稿歌なの？　何の投稿？

穂村　新聞かな。

東　これも投稿歌？　テーマ無しで突然これを送ってきたの？　これは何？

（7×7＋4÷2）÷3＝17　　杉田抱僕

穂村　五七五七七にちゃんとなってるんだよ。カッコなな、かけるななたす、よんわるに、カッコとじわる、さんはじゅうなな。

東　偶然に、数式で？

穂村　もちろん偶然じゃなくて狙っていろいろ頑張って、これを見つけたんでしょう。これは横書きなんだけど、ちゃんと数式が成立していてかつ音数がぴったり。さらに見どころは、四句めの「カッコとじわる」っていうのが、一個も数字を含まないところ。

東　しかし、これが短歌!?

穂村　そこがいいのよ。

東　これが普通に並んでいたら数式だと思うでしょう。これがポンとあって最初に短歌だと思う人はかなりの変態だよね（笑）。いろんな短歌の中に並べてあるから短歌だと思うわけだけど……。

穂村　あとは、この下になぜ署名があるのかということもあるよね。ただの数式だったら名前は書かないでしょう。

東　これは17という数字が好きだというのもあるのかな。きれいな数だもんね。

穂村　素数マニアかな。

●文字を見ないと分からない

東　「るゐゑ」も変化球だよね。声に出してもだめで、文字を見ないと分からない。

穂村　これは耳で聞いてもピンとこないよね。ゐがこっちのゐだって分からないし。

東　ひらがなの表記の迫力ですよね。

ゐゐゐゐゐゐゐゐゐゐゐゐ今はもう自転車にしか見えないのです　今井心

穂村　これはいっぱい並べられてゲシュタルト崩壊を起こしているということだよね。この「ゐ」は今はもう使わないから自転車の記号みたいにしか見えない、という二重の意味がある。

東　この一輪車のも？

るるるるるるるるるるるるるどれがあの子の乗る一輪車　eh

「る」が一輪車に見えるということね。詠んだ人は違うけど発想はおんなじ。

穂村　「る」のほうはこの中の一台があの子のだっていうことなんだよね。そこはちょっと違う。

東　そうか。発想はおなじに見えるけど「る」のほうがちょっと凝ってるんだね。こういう短歌を作る人って、名前もどう読むのか迷う人が多いね。

穂村　なんだろう、さっきの数式が典型的だけれども、短歌だと思って読むということが、何かを発動させるというか。短歌だと思わなければ普通なんだけど、短歌だと思うと異様だということはやっぱりあるわけで。これなんかそうだよね。

靴拭きのマットで足を拭う人年配の男子に多い皆もやろう　田中有芽子

短歌でなければなんでもないんだけど（笑）。短歌の結句としてはありえない。「皆もやろう」ってなんだっていう。そう思って探してみたら前にもこんな歌を彼女は作っていた。

蕪の葉の根元を切ると切り口が緑の薔薇にみえるやってみて　同

結句が「やってみて」（笑）。

東　語りかけるのが好きなんだね。私もチンゲンサイでこれやってみたことあるなぁ。

穂村　誰に「やってみて」って言ってるのか……。

東　永井陽子さんの歌にもこんなのがあります。

ここはアヴィニョンの橋にあらねど♩♩曇り日のした百合もて通る　　永井陽子

記号短歌ですよね。この頃音楽に関連した歌を彼女はいろいろ作っていて、『モーツァルトの電話帳』という歌集を出していた。それで音楽記号の♩などを積極的に入れていったりして。この歌は、なんとなく鼻歌でも歌いながら踊りながら渡っている感じ。

扉《ドア》の向こうにぎつしりと明日　扉のこちらにぎつしりと今日、Good night, my door!《ドアよ、おやすみ》　　岡井隆

これも格好つけすぎた歌なんですけど、ここまでやると面白いかなと。一字空き、句読点、ルビ、英語、といろんな技巧が入っている。

そういえば、吉川（宏志《ひろし》）くんのとか荻原《おぎはら》（裕幸《ひろゆき》）さんのにもurlが作品というのがあった。吉川くんの短歌の中では、浩宮っていうサイトが存在するということになっていて、

「http://www.hironomiya.go.jpくちなしいろのページにゆかな」という作品。そんなサイトは、もちろんないんだけど。

東　ホームページが普及し始めた頃の歌ですね。二〇〇一年とか。まだホームページというのがよく分かっていなくて、個人でホームページを作るなんて無理だと言っていたような時代に、でもどんどん技術のある人は作り始めていたところに、じゃあ皇室の浩宮も個人のホームページを作るんじゃないか、というわけだ。

穂村　一瞬あるのかと思うよね。

東　今なんてホームページのアドレスなんて意識しないけれども、あの頃はちゃんと読んだりしていたよね。

穂村　実際、大統領のツイッターとかあるわけだから。ハッシュタグが作品とかそういうのもありますね。

東　岡野大嗣《だいじ》さんのにあった。

#あと二時間後には世界消えるし走馬灯晒そうぜ　　**岡野大嗣**

穂村　#から発音するんだね。

●文法を乱す、言葉遣いを乱す

穂村　あとわざと文法を乱すみたいなやり方もあるよね。

三越のライオン見つけられなくて悲しいだった　悲しいだった　平岡直子

東　ちょっと舌足らずな感じとか。

穂村　面白い。でもこれは、上手くやらないとわざとらしいって思われちゃうから。結構難しい技かもしれない。

とても私。きましたここへ。とてもここへ。白い帽子を胸にふせ立つ　雪舟《ゆきふね》えま

東　スノッブな感じというかピュアな感じというか。じわじわ伝わってきますね。

穂村　それを出そうという姿勢がはっきりと打ち出されてしまうので、その作為に耐えうる

ってているような気がするけれど、どうですか。
だけの何かがないと成立しない。この、「とても私。」とか、三越のライオンは結構上手くい

東　三越のライオンという歴史をまとっている感じがいいのかな。

穂村　待ち合わせの定番の場所だっていうことが背景にあって、それが見つからない、イコール待ち合わせ不成立の悲しみというニュアンスがあるのかな。

東　そこに普遍性があるからね。固有名詞なんだけれども普遍性を帯びたものだから、そこに物語が入ってつながる。

穂村　昔でいうペーソスになるのかな。最近あまり言わなくなった言葉ですね。何だろう、哀感っていうのかな。

東　そう言えばあまり使わないね、抒情《じょじょう》は使うけど。やや厭世観《えんせいかん》が入っているのかな。

穂村　今なら脱力系の悲しみとでも表現するのか。

東　「悲しかった、悲しかった」じゃ普通で単調だから、「悲しいだった」。悲しい気持ちだったというのの省略かもしれない。

穂村　兵庫ユカさんの「人形が川を流れていきました約束だからみたいな顔で」っていうのもあるんだけど。「約束だからみたいな顔で」っていうのがいいね。

東　若い人の口調だとこういう言い方しますよね。「みたいな」って言い方。
穂村　加藤治郎さんにも繰り返しの歌があります。

言葉ではない！！！！！！！！！！！！！！！！ラン！　加藤治郎

どう？　ただこれ、今見ると古い感じがするかなぁ。最初にも挙げたこっちならいいかも。

にぎやかに釜飯の鶏ゑゑゑゑゑゑゑゑゑひどい戦争だった　同

この釜飯の歌は、戦死者の代弁というニュアンスがあると思うんだけど。このゑが戦前のイメージと鶏の形を示しているんだと思うんですね。二重のメタファーみたいになっているという。
東　釜飯っていろんな具が切り刻まれて散っている、それは戦場のイメージだよね。この「ゑ」も肉体が千切れた感があるよね。えぐい歌だなぁと思う。一回見たら忘れられないよね。

穂村　誰だったかな、平井弘さんだったかな、この歌はまだ未完成でこの「ゑ」の中に普通の「え」を混ぜないと雄鶏《おんどり》と雌鶏《めんどり》にならないというようなことを言っていたけれど、それはどうなのか。一理あるけど、どうかなぁ。

東　それをやるとやり過ぎ感が出るんじゃないかな。

穂村　でも面白いとは思う。

東　そうすると理性が入り込んでくる感じになるでしょ。治郎さんの、よく分からない、強引に押してくるこの感じがいいんじゃないかな。

穂村　この歌は成功しているよね。

東　ラン！　はダメか。古びて見えるSF映画みたいなものかな。

穂村　時間が経つと見え方も変わるからね。小池光さんの孔雀《くじやく》の歌（六十七頁）なんかもマンガ家の吉野《よしの》朔実《さくみ》さんには否定されちゃったよ。わざとらしいって。

●現実の出来事にロマンのフィルターをかけて

穂村　確かにわざとらしいという見方もあるんだけれども、短歌っていうのは、それを言っちゃうとほとんど成立しないから。例えば、演歌を聞く人なんて、ああいう世界だって了解して歩み寄らないと、そもそも聞けないわけで。〽女一人じゃ生きていけないわ〜とか（笑）、ただ言ったらアホみたいで成立しないわけだけど、演歌としてはありなんでしょ。短歌も実はそういうところがあるね。

東　そうですね。現実の出来事にロマンのフィルターをかけてもらってからというのはありますね。

穂村　そうなの。紗をかけないとやっぱり駄目。今日話してよく分かったんだけれども、昔と比べて今の方がどんどん身も蓋もなくなってるから、最近の歌のほうがリアルではあるんだけど、でも身も蓋もなさ過ぎて……。

東　陶酔できないよね。

穂村　我々の世代だとその両方があるから。もっと年上の人だと、こんなのは短歌じゃないって思うだろうし、逆に若い人から見ると昔の歌は恥ずかしいみたいな意見もあると思う。寺山修司の「新しき仏壇買ひに行きしまま行方不明のおとうとと鳥」……とか、わざとらしいと言えばわざとらしいわけで。

東　当然こんなことないでしょ。嘘！　っていう感じが若い人の感覚だとあるだろうね。大塚寅彦の「母の日傘のたもつひめやかなる翳《かげ》」（六十二頁参照）って何だよと言われそうだけど、詩歌としての陶酔感が全然ないのは悲しいよね。そのあたりは微妙で、例えば鈴木美紀子さんの無呼吸症候群（八十三頁参照）の歌は、身も蓋もないといえばないんだけれど、詩歌の陶酔感を感じるんだよね。教えないってことで本人さえ知らない秘密を自分が握りこんでいることのエロティックさというか。その心理の奥深さみたいなものが感じられるので、ある種のロマンに繋がる気がする。

穂村　そこの感じ方によってその人の活動エリアが分かれているっていうこともあるかな。世界を素敵な感じで書いちゃうからね、どうしても。

東　特に近代はそうですよね。

穂村　悲しいとか痛いとかも、素敵な悲しみ、素敵な痛みみたいなふうに書いちゃうから、それが嫌だという人もやっぱりいるよね。

東　さっきの数字の7×7は、これを短歌として提示することによってどういう感じを出そうとしているのかな。これは現代アートと同じ感覚なのかな。

穂村　短歌が音数によって成立するならこれは短歌だと言えるわけだよね。

東　読めるもんね。

穂村　音数以外の何か、内面に関わる短歌のアイデンティティみたいなものがあるのかないのか、あるとすればそれは何なのか。俳句と川柳は、それが特に問題になるよね。音数が同じなんだから。あとは、内面に関わるものだけがその二つを分けるわけだから。それは何なのかっていうのは分かるようで分からないというのがある。短歌だって、これは狂歌だと言われる可能性もあるよね。

東　トリッキー系のはみんな言われるかも。

穂村　フォルム以外のアイデンティティという部分は万人が同意しているものはないわけだから。それは短歌観の違いでしかないということになっちゃうんじゃない。

●短歌って、なに？

東　望月裕二郎さんの、この歌はどうですか。

おもうからあるのだそこにわたくしはいないいないいないばあこれが顔だよ　望月裕二郎

わけの分からない歌だけど、「我思うゆえに我あり」っていうデカルトの言葉を本歌取りして、それと「いないいないばあ」をかけているという、結構技巧的な歌なんだよね。

穂村　二重の本歌取りってことね。
東　望月さんの訴え方というのは、短歌的な私性《わたくしせい》短歌を完全に破壊したところから始まっているんですよね。私の感情とか、私の日常を描写する「私の短歌」というのではなく、自分の実人生をまったく絡めずに言葉で表現している、言葉が纏《まと》っているある種の意味を崩しながら、独特の世界を作っているというやり方をしていて、全面的に実験的な歌を作っているんですよね。しかし従来の歌人には非常に受けが悪くて、なかなか取り上げてもらえない。言葉遊び的な実験性は、短歌の世界ではまだまだ受け入れられにくいというところがある。
穂村　続くと何だか味がしなくなっちゃうんだよね。吉川（宏志）くんのなんかはぽつんとくるから目立って記憶に残るけど、そういう歌ばっかり続いちゃうと、なんというか慣れてくる。
東　たしかに、飽きるという感じはあるのかも。吉川さんのこの不思議な実験性のある歌は面白いけど。

鵙《もず》は「ガリア人が〈円都は〈滅びた〉と言った〉と言った」と言った　　吉川宏志

永井陽子さんの「ひまはりのアンダルシアはとほけれどとほけれどアンダルシアのひまはり」じゃないけど、中心があって、広がっているような気がする。

穂村　千葉（聡《さとし》）くんの歌で、最初に」（カギカッコ閉じ）がきて、最後に「（カギカッコ開き）がくるような歌もあったよね。

」杜子春は恐怖のあまり目を閉じた。括弧の中には入れないのだ。「　千葉聡

ぐるりと回る。短歌の外がカッコに入れられているわけ。

こういうの、アートでもあったよね。あの、赤瀬川原平さんの宇宙の缶詰。ぐるりと反転して缶詰のなかに宇宙がある。それの短歌版みたいなのだよね。

東　そうですね。不思議な存在感だよね。

穂村　短歌の可能性といえば、よく言われることだけど、この世にある全部の短歌をコンピューターが書いてしまうっていう話も。場合の数を順番にやっていくとっていう。

ああい

そして次に「う」が……ってなる。いろんなところで見た記憶がある。

東　『偶然短歌』（いなにわ、せきしろ）っていう本があるでしょ。ウィキペディアのなかの言葉が偶然五七五七七になっているところを抜き出したっていうもの。

穂村　単純に、なるほどっていうのじゃなくて、免疫疾患についてのウィキペディアで、それを比喩で説明している部分があるんですよ。一見すると無関係に見えるんだけど、免疫疾患はこういうことだという比喩なわけ。

ガス栓とトイレが二つある家で、片方のガス栓が壊れた

そこが短歌として切り取られてるから、こういうのあるなって感じだった。そこまで広げて、短歌の可能性って考えられるかもしれない。

付録一　歌人ってどうやってなるの？

●短歌を作ることとイコール歌人になることではない

穂村　短歌を作るってことと歌人になることの間には、かなりのギャップがあるんだよね。

東　歌人とプロになることもまた違う。

穂村　いわゆる短歌結社を中心とする歌壇と言われている場所と、インターネットや同人誌の世界と、商業出版と三つのフィールドがある。その三つでフルに動いている人は、ほぼいません。東さんぐらいじゃない。東さんはそれぞれでアクティブっていう感じだけど、僕なんかネットではほぼ活動してないし、枡野《ますの》浩一《こういち》さんは歌壇では活動していない。三つのうち二つっていう感じでしょ。商業的なところでやり出すと歌壇が冷たくなるっていうのもあるけどね。

東　でも穂村さんは、商業的な活動をしているけど、歌壇の仕事もかなりやってるでしょ。

穂村　そうだね。逆輸入されて価値が出るみたいな面もある。あとは、その人が死者も含めて他人の短歌をどのように読んで評価するかっていうのも関係する。

東　既存の短歌を一切読む気がなくて、自分が面白い短歌だけを作るっていうんじゃ、なかなか歌人にはなれない。

穂村　うん。ただ、商業出版は別として、インターネットと歌壇活動には最初の一歩に関してはハードルがないわけで、歌を作ることはできるよね。インターネットは投稿すればいいわけだし、結社は誰でも入れるし。

東　どこの結社に入るかはあるよね。師匠として尊敬しているか、とかあるし。

穂村　この結社の短歌の感じならいいかなとか、あと、あの歌人がいるところならいいかな、とかで選ぶ。

東　結社に入ること、イコール、師弟関係を結ぶっていうことだから、その師匠とどれだけうまくやっていけるかとか、尊敬しているとかが大事ですよね。最近は師匠のほうからあなた入りませんかとか誘うパターンもある。結社はどうやって探すかというと、短歌雑誌とか、最近はインターネットとか。新聞歌壇とか雑誌の短歌とか、投稿するところはいろいろある。作風に憧れてっていう人もいるだろうけれども、自分の歌を理解してくれるかどうかが大きいので、自分の歌をよくとってくれる選者のところへ行くというのが多いんじゃないのかな。

穂村　お見合いみたいなところがあるよね。好感を持てるかどうかとか。結社を渡り歩いている人も時々はいる。

東　私は「未来」にも入っていたけど、「かばん」にも入っていた。いろんなやり方があって、自分たちで同人誌を作って活動するっていう人もいるし。歌人になる方法もどんどん変わっていくんだろうなと思う。ネットの活動だけで歌人になる人も増えそう。

あと、新人賞ですね。角川短歌、短歌研究、歌壇、この三つが主なプロの登竜門。歌集単位で受賞というのではなくて、連作です。連作の新作で三十首か五十首。

●新人賞に出してみる

東　穂村さんという存在がなかったら、今あんなに若い人が入っているかなぁ。穂村さんは、俵万智《たわらまち》さんが「八月の朝」で角川短歌賞を受賞した時の次席で、最終候補作三十作のうち、タイトルがカタカナなのは、穂村さんの「シンジケート」だけだった。そして無所属なのも。

穂村　無所属というのも当時はいない時代で。みんな結社に入ってたんだよね。今は無所属だらけだけど。

東　応募数自体は昔も今もあまり変わっていないと思う。ただ、口語の歌は、そのころはほとんどなかっただろうね。

穂村　今思えば、自分の親より年上の人たちがよく選んでくれたよね。

東　時代を変えなきゃいけないっていう意識がずっとあるもんね、それは。

穂村　文学の世界のモデルケースのイメージは普通、小説でしょう。みんな、韻文の世界のことはよく知らないから。小説のこともほんとうは知らないんだけど、イメージとしては、文芸誌の新人賞をとると担当さんがついて、また書いて雑誌に載って、その中で力のある人は芥川賞《あくたがわしょう》候補作とかになって……というのがありますよね。

東　漫画家も同じですよね。担当者がつく。

穂村　でも、短歌の世界についてはわからないわけだよね。結社に入っていれば先輩が教えてくれるけれども、何もわからない。だから、偶然目にした林あまりさんの歌に刺激されて作った初めての連作を、新人文学賞に出すようなイメージで、僕の場合は角川短歌賞に応募しました。手書きの時代だよね。一九八六年かな。出したけど何の反応もなくて、ある日、本屋さんで雑誌を見たら、自分の送った作品が活字になって載ってた。え？　と思って見ると受賞は俵さんの作品で、次席になってた。

東　次席は連絡ないんですよね。

穂村　その時は活字になって嬉しかった。後から、なんで連絡ないんだろうと思ったけど。

東　私も次席の時は自分で雑誌を買ったと思う。

穂村　受賞してると授賞式に呼ばれるから連絡があるけど、次席だと何もない。雑誌に載ったというだけのこと。ただ、手紙が来たんです。雑誌に載ったのが春で、秋に加藤治郎さんから手紙が来た。加藤さんはその年の秋の短歌研究新人賞を受賞してた。それは見てて名前は知ってました。で、会おうというので上野で会った。それが後から考えると大きかった。

彼は僕よりちょっと年上で、短歌的にはもっとキャリアがあって、すでに結社「未来」に入っていて、短歌の世界のことを知ってた。僕は何も知らなかったし、「かばん」にも入ってなかった。活字になったらなんか働きかけがあるのかと思ったら、世界は冷たくて何も起こらない。加藤さんと会って少しずつ結社があることとか、小説とだいぶ違うんだということがわかったわけ。

東　私も初めて会った歌人は加藤治郎さんだったけど、かなり偶然が入ってて。私は子どもの絵本の情報を得るのに「ＭＯＥ」という、絵本やファンタジーの情報誌を読んでいたんだけれど、そこに選歌欄が始まったんです。俵さんの『サラダ記念日』が売れて数年後、一九九〇年ごろかな。口語の歌を出してみたら、当時選者だった林あまりさんが何度もとってくれた。それを何年か続けてました。ただ、投稿して載るのは嬉しいけど、そこから先は進まない。短歌ってどうしたらもっと深められるのかなと思っていたとき、姉の家に加藤治郎さんの『サニーサイドアップ』があって、加藤さんが姉の知り合いだったので、紹介してもらったんです。手紙をやりとりした後で、じゃあ会おうかってなって。で、初めて会った時に、紀伊國屋《きのくにや》書店の短歌コーナーで、彼といっしょに穂村さんの歌集（『シンジケート』）を買ったの。彼がいなければ短歌をやってなかったな。

穂村　林さんと、加藤さんからって僕と同じだね。奇遇だね。東さんはその後、歌壇賞を受賞する。

東　始めた時期はずれてるんだけど、違うルートなのに同じようなところで会っているのが不思議な運命よね。

●歌壇の話

穂村　加藤さんから知ったことは、当時の短歌の世界では、結社なり集団に所属するほうが普通だということ、歌集を自費出版するのが普通だということ、この二つ。あまりうれしい情報じゃなかった（笑）。

まず結社については、加藤治郎が入ってる「未来」があった。でも、集団を選ぶ時に、一番シンプルな基準は自分が最も尊敬する歌人がやっている所ってこと。当時の僕だと塚本邦雄だから、「玲瓏《れいろう》」になる。でも何となく入らなかった。関西の結社だっていうこともあるし、もうひとつは、さっきのお見合いじゃないけれど、こっちがどんなに先生を愛していても向こうがどれくらい応えてくれるかはわからない。それをも超えるほどの片思いであれば、それでもいいけどね。塚本さんの短歌観への尊敬はすごく強かったけれども、やっぱり生身の人間と文学上のリスペクトとは違うから。

僕は自分が塚本さんに愛されないだろうという予感があったし、「玲瓏」という集団はそのころ異端視されていた。あまりにも塚本さんの存在感が特異だったせいもあるけれど、佐佐木幸綱や馬場あき子や岡井隆のいる結社に比べて、「玲瓏」からは何か歌人が出にくいイメージがあった。

東　塚本エピゴーネンとか言われて。

穂村　岡井エピゴーネンとか馬場エピゴーネンより、圧倒的に洗脳力が強くて、その引力圏から離脱が難しい。

東　塚本さんのカリスマ性が強すぎて、他の価値観がなかなか受け入れられない雰囲気があったんだよね。

穂村　そうだね。で、結局、お兄さんお姉さんくらいの、年齢が近い世代で誰かいるのかって考えた時に、加藤治郎の授賞式で、初めて歌人にたくさん会った。その時に年齢が近い人が一人いて、それが中山明だった。中山さんを紹介してもらうと、他に何人か、井辻朱美とか高柳蕗子《たかやなぎふきこ》とか僕の好みの、不思議な作風の人たちがみんな「かばん」にいるっていうことがわかったの。決定的だったのは林あまりが「かばん」にいた。

　僕の短歌を林あまりは評価してくれてたんです。若い時って自分を認めてもらう体験ってないからそれは非常に強烈で。そもそも最初に応募した五十首を作った時、林さんの歌を見て作っているから。両思い感があって、その翌年に「かばん」に入った。それが八七年か八八年だね。ただそこは、結社じゃなくて同人誌だった。そして、井辻朱美とか林あまりは、短歌以外の表現活動を結構アクティブにやっていた。井辻さんは詩集も出していたし、翻訳家としても著名だった。林さんは劇評とかエッセイとか書いていた。

東　「ＭＯＥ」のように、短歌雑誌じゃないところで選歌欄もっていたしね。私は「ＭＯＥ」でかなりとってもらって、林さんの投稿欄が終わる時に、東さんの短歌をもっと読みたかったみたいな、一般の読者の手紙がいっぱい届いたっていうので、私は一投稿者の素人なんだけど、インタビュー記事を作ってくれたんです。それが最初の短歌の仕事。

穂村　買ってもらったって言うことだよね。初めて。

東　そうです。あと、小林恭二さんが「ＭＯＥ」で林さんの後に俳句の選句欄を始めて、しばらくしてから短歌も始めて、そこに投稿していたらそこでも随分とってもらった。で、小林さんが、短歌の若手の本を作りたいっていうので、一年間、岩波書店の「へるめす」という雑誌で若手歌人を集めて歌会をした。その後にもっとベテランも加えて、熱海で歌会をやって、新書にしました。それが『短歌パラダイス』。雑誌でよばれて短歌会をやるのに全部自腹で集まりました。歌集を出してるプロもいたのに。

●歌集は自腹で出す？

穂村　そういう世界ってことなんだよね。お金に関しては持ち出し、マイナスが当然。とりわけ最初にそれにぶつかるのは第一歌集を作る時で、これは結構衝撃的な大変さだよね。自分でお金を払って五百部とか千部作って、それを自分で配る。郵送する、短歌の著名な人たちに。

東　その文化にはすごくびっくりした。今は少し商業的に印税を払っていただける時もあるんだけど、でも結局は三百から四百冊配るから、歌集で黒字になることはないですね。

穂村　百何万円か、かかった記憶がある。二十代で当時百万円以上って相当なもので、それで普通の本屋さんに並ぶというならまだしもね。心理的にもハードルがある。そこで踏ん切りが付くかどうか。

でも歌集を作らないと話にならないって言われる。よくわからないんだけど、短歌の世界での名刺みたいなものだから、それがないと相手にされない、と。何となくそれは感じ取るわけ。その時点で「かばん」のみんなは出してるから。その通過儀礼を終えた先輩たちがいるわけね。ところが混乱を招くのは、俵さんが同時期にいたこと。僕が第一歌集の『シンジケート』出したのは九〇年。八六年に次席になって、九〇年に本を出す。その間学習期間が三、四年あるんだけど、俵さんと加藤さんは八七年に出している。受賞した次の年に。で、俵さんは社会的なブームになった。

そうするとああいう例もあるんだと思うじゃないですか。それなのに（笑）。彼女は二〇代にしてベストセラー歌人。こっちは百万円自腹。かたや何百万部とか言ってるのに、お金払って千冊を作って配るの？　という虚しさね。

結社の中にいるとかなり強い強制力で歌集出せとか出すなとかあそこからこういう体裁で

出せとかそういう指導が入る。当時はね。「かばん」にはそういう強制力がなかったから、ヘタするとそのまま行っちゃう可能性があったけど、たまたま同期に山崎郁子さんという歌人がいて、沖積舎《ちゆうせきしや》という出版社に勤めてた。彼女が本出さなきゃダメだと僕に強く言ってくれて、それも今年出さなきゃダメだと。お金を出すのは僕なんだけど（笑）。

恩人なんですけどね。すごい編集だった。『シンジケート』の歌全部暗記していたんだよね。同じ年に彼女も『麒麟《きりん》の休日』という歌集を出した。

東　私はへるめす歌会をやっていた途中に、歌壇賞というのを受賞したんです。九五年の秋に応募に出したものが、十一月に受賞が決まって、授賞式が翌年の九六年。その年の十二月に歌集にしました。ちょうどパソコン通信を始めた年で、川上弘美さんや長嶋有《ながしまゆう》さんの入っていた「恒信風《こうしんふう》」っていう俳句の団体と連句の会で団体同士でつながったんです。

穂村　改めて振り返るとつながってるね。

東　連句の会で川上弘美さんと会って、川上さんが芥川賞をとったのも九六年なんですよ。で、友達になったので、歌集を出すので帯を書いてくれませんかって頼んで。もちろん出版は自腹。千部くらい作って、先輩である穂村さんに聞いたら、迷ったら送れと言われたのでだいぶ送りました。四百部くらい。残りはネット関係で買ってくれた人もいて、三刷になりました。

穂村　それでもほぼ、本屋さんには並ばないよね。出版社によって若干違うんだけど、取次を通していないところが多いから都内で十店舗とか、大きなところに少し。

東　そこで細々と、あと直接作者に百冊くらい注文がきたんじゃないかな。『シンジケート』はもっと売れたんじゃない？

穂村　トータルでは。三十年かけて少しずつね。今も売ってくれてありがたい。

東　歌集の場合の印税は、毎回現物支給でした。初刷は、一応八掛けで買い取って、その費用から印税分は引いてくれたけど、再販は本だった。五十冊とかバンとくるので、ネットの掲示板で直接注文くだされればサインして送りますと告知したら、注文が来た。

穂村　それが当時の短歌の世界の常識で、枡野浩一さんが否定しているところね。

東　会社によっては新人賞を取っていても完全自費出版で、出版社に注文があったら作者が送るみたいなところもある。それは何十年も変わってないんじゃないかなぁ。

穂村　いろいろな合意があるわけだよね、それでよければっていう、世界特有のね。

●誰に読まれるか、そこからなにが起きるか

穂村　迷ったら送れって言ったのは、何が起こるかわからないから。僕は高橋源一郎さんにも歌集を送ったんです。いろんな人が『シンジケート』が出た時に騒がれたと言ってるのは嘘《うそ》というか、記憶違いで、ちゃんと調べた山田航《わたる》くんがほとんど書評とか反応はなかったって言ってるのが本当。百万円使って四百部くらい配って、それでほぼ無反応っていう感じでしたね。半年後くらいかな、出張して秋田に行ってたら親から電話がかかってきて、誰か倒れたのかと思ったら、高橋源一郎が「朝日新聞」の文芸時評で書いていると言われて、それがほぼ初めての反応。初めてにしてすごく大きいことですよね。「三億部売れてもおかしくない」って書かれて。僕会社辞めていいんだ？　一気にお金持ちになるんだ？　と思ったけど、全然ならなかった。その後二十年以上たつけど三億部に届く気配はなく（笑）。

でも、嬉しかった。かく非常に大きかったわけですよね、東さんのように投稿していなかったから、林あまり、加藤治郎以降初めて認めてもらえた。

今、インターネットしかやっていない人は、電子書籍で出したりしますね。

東　光森裕樹《ゆうき》さんは第一歌集を「港の人」っていうマニアックな出版社から出したんだけど、わりとすぐに電子書籍にしてて、第二歌集は、歌数を減らして電子書籍だけで出してる。

穂村　歌壇の偉い人たちはネットなんか見なかったりするから、それは完全にその人たちに読まれなくてもいいというスタンスだね。

東　現代歌人協会賞っていう短歌の世界の芥川賞みたいなのがあって、第一歌集に与えられる新人賞です。そこで、電子書籍は第一歌集として認めるかどうかという議題が出たんだけど、そんなの問題にならないみたいな話で、却下されました。これから増えると思うけど、電子書籍は献本が難しいし。

笹井《ささい》宏之さんが、ネットから生まれた最初のスター歌人なんじゃないかな。短歌作者以外にも評価されてるし、川上未映子《みえこ》さんが歌集の帯を書いていて、文学者にも評価されてる。木下龍也《たつや》さんはそれを次ぐ人ではないかと思っているんだけど。私たちの時代はネットでのデビューはありえなかった。私は結社から始めたというより投稿歌人だったけど、そこからプロになる人もかなり少なかったと思う。

付録二　真似《まね》っ子歌

＊お互いの作風を真似して短歌を作ってみました。

●東直子風短歌　穂村弘作

ところてん水に紛れてきらきらとどこまで逃げていったのだろう

ヤマトノリの青黄ピンク全員でくっつけたけどすぐにはがれた

マチ針の頭ころころ転がってスカートのこと忘れてしまう

ぱらぱらとちらばっている数字たち　触れないほど灼けたバス停

かりんとう逃げきれなくてばらばらになっていました畳の上で
ねがいねがいねがいはなあにくるくるとひっくりかえる絵馬絵馬絵馬よ

●穂村弘風短歌　東直子作

脱水機の蓋に手を当てピクルスはおまえのために死んだと言えり
新幹線開通式の前日の燃える薬用リップクリーム
さわらないであててごらんよ（ふぁあるせっと）おとうさんよりおかあさんより

穂村　言葉の自在とは裏腹に、東さんが詠む感情っていうのは限定されていて、ある寂しさや絶望が心地よさとつながって、その味が混ざっている。散文レベルではマイナスのことを書くんだけれども、読み心地はプラスの後味が残る。でも、完全に真似すると当たり前だけど、本人が作ったものよりずっと見劣りしちゃう。

だから、歌にもよるんだけど、三〇％は自分の味付けが入っちゃってるのがわかるんだけど、それを抜くと歌自体がダメになっちゃうからしょうがないというのがあって。ただ、自分の味付けと東さんの味付けが近い部分もあるんだよね。二人の共通の味付け調味料の使い方みたいな。そのなるべく近いところを探せるとまあいいという感じなのかな。

東　一首目だと、私はここに「きらきら」は入れないな。「しんしんと」とか。派手な方向に行きたくない気がする。もうすでに、「ところてん水に紛れて」というくらいで派手な感じがするから。それか、よほど全体が派手な時に使うか。穂村さんは、あんまりオノマトペを使わないけど、「きらきらとどこまで」が穂村さんっぽいと思った。

穂村　ところてんの初句切れが、僕はやらないから。

東　あー、そこがね。「いったのだろう」はたしかに私っぽい。

穂村　「かりんとう」でもう一回やってみた。

東　「していました」っていうのは、昔よくやってた。

穂村　逃げる、去る、忘れる、沁《し》みる、淡い、みたいなね、ただ語彙を似せると逆に似てなさが出ちゃうから。

東　穂村さんのは、漢字いっぱいのとひらがなばっかりのと、文語が意外と入ってる。私はリップクリーム的なものだと「薬用」とかつけないけど穂村さんは、こういうのを入れますよね。

穂村　そうだね。脱水機やピクルスも僕の場合は言葉だけの話で、ところてんやかりんとうほどの実質感を伴わない。だから、宣誓する時に聖書に手を当てて……みたいな二重写しっぽくなったり、あとは、次のも性的なイメージなんだけど、新幹線とリップクリームって随分サイズも違っていたり位相にずれがあるんだけど、そのズレがあるほうがテンションを証明されるみたいなところがある。そのへん、かなり生理的に違うんだけど、東さんはよく捉えてるよね。

東　あと穂村さんは、フォーカスが、映像のピントが絞れてる。穂村さんの私に似せた歌は、全部フォーカスが甘いよね。

穂村　甘くしてる。何がくっついて剝がれたのかわからないとか、そういう。

東　ソフトフォーカスになってるよね。

穂村　東さんはもっと甘いんだけど、そこまですると僕は繋げられないから。

ぱらぱらとちらばっている数字たち　触れないほど灼けたバス停　（穂村）

これ、東さんだと二首になるかな。「ぱらぱらとちらばっている数字たち」というのは、時刻表なんだけど、「触れないほど灼けたバス停」でフォーカスすると、しっかり押さえすぎちゃう。ここに故郷から出るとかあなたがいないとか、そういうこと書かないといけないんだけど、それをやるとこれがバス停の時刻表だっていうのが僕の文体ではわからなくなっちゃう。

東　私は別に、フォーカスをぼやかそうとか意識的にはしてないんだけど、結果的にそうなってしまうんです。比べると、穂村さんの作品はすごくシャープで、フォーカスが定まっていないものはないんじゃないかってくらいですよね。でも最近はちょっと違う？

きがくるうまえにからだをつかってね　かよっていたよあてねふらんせ　穂村弘

これだと、出てくる人物の焦点が定まってない。こういう感じのがあるよね。最近の穂村作品ふう昭和ノスタルジーみたいなのをやろうと思ったんだけど、上手く出来なかった。

穂村　ふぁるせっと、やっぱり東さんの歌に見えるなぁ。ひらがなとカッコ。

東　私の歌にあるよね、そういうの（笑）。子どもが動物園に行って、象、お父さんより大きかったよ‼　というような話をしてて、それを短歌にならないかと思ってて。でもここでお父さんは象より大きいってすると面白くないなぁと思ってそうしたら、こうなった。

さわらないであててごらんよ（ふぁるせっと）おとうさんよりおかあさんより　（東）

登場人物が少し気が狂ってる感じが、穂村さんぽさかな、と。

このあろはしゃつきれいねとその昔ファーブルの瞳《め》で告げたるひとよ　穂村弘

この狂った感じ。映画「道」のときのジュリエッタ・マッシーナみたい。

穂村　それによって純粋さを絞り出そうとするから。狂うことによって一滴の宝石をこぼす、というような。

東　クラシカルな作り方だよね。そういう女の子は現実にはあまりいないような。あんなに目の焦点が合ってない女優さんとか、今いないよね。

穂村　僕は昔の女優さんが好き。藤圭子とか高橋恵子とか。何をするかわからない感に惹《ひ》かれます。森下愛子とかね。あれだけ可愛ければ自分を大事にしそうなのに運命に身を投げる感覚に心惹かれる。

東　昔の女優さんは薄幸さを纏《まと》っている人多かったよね。何か圧力かかったような。でも森下愛子は圧力かかってなさそう。

穂村　裸になってもどうでもいいっていう感じね。それが女優根性になっていくと、大竹しのぶとか生命力が強すぎて、大女優感がありすぎ。そうではない偶発性の、たまたま女優になってしまった感に惹かれるなぁ。

東　私もたまたま歌人になってしまった感が（笑）。歌人根性は……あるのだろうか。穂村さんは歌人根性があるほうなんだろうか。偶然なったような気もするけど。

穂村　執着はあるけど。

東　自分に対する？

穂村　そうだね。自分とか人生に対する。そういうもの。

東　お金儲《もう》けたいとか家欲しいとか、そういうのはないよね。名誉？

穂村　名誉というか、今の言葉で言うところの承認欲求かな。僕らの時代だと、自己実現って言われてた。

東　自己実現を意識しすぎて潰れていった人もいるよね。

穂村　そこに意識が過剰であればあるほど手が止まって、あまり考えずに次々に何かをやるっていうことができなくなる。でも現実には、次々に何かをやることが有効であることが多いから、考えてばっかりで何もできない人はダメになっちゃう。何かやって叩《たた》かれてもあまり気にならない人のほうがうまくいくみたいね。

ねがいねがいねがいはなあにくるくるとひっくりかえる絵馬絵馬絵馬よ　（穂村）

東　これは私の歌じゃないなぁ。

穂村　そう。こういうのある気がしたけど。

東　わざと繰り返すけど、これはやらないな。ねがいねがいねがいってやったらもう一回はやらないな。しつこいから。たぶん。漢字での追加のところはやらないと思う。このなんか、襲いかかる感じがちょっと。

穂村　情景はわかるでしょ。

東　女の子にずるずるって擦り寄っていって、ひっくり返してさらに顔を近づけるような。そういう歌でしょう？　女の子に「ねがいねがいねがいはなあに」って顔近づけていって……。

穂村　えっ、神社で人の書いた絵馬をひっくり返して願いを見てるんだけど。

東　そういうことだったの⁉　いろんな女の子の願いを、親切な振りして聞いておいて……。

穂村　それは予断があるんじゃないの。

東　私の邪念がそういう読みをさせる（笑）。なんか女の子に迫ってる感じがする。

絵馬絵馬絵馬がなかったら、さらさらしてるんだけどね。ねがいねがいねがいはなあにってねっとり繰り返してるから、すごく怖い。いい歌かも。

あとがき

よくわからないけど、なんだかおもしろそう、という、理由にもならない理由で短歌を読み、作り、雑誌に投稿し、歌会に出たり、短歌の冊子を作ったり、新人賞に応募したり、歌集を出したり、などなど、楽しく過ごすうちに、約三十年が経ちました。こんなに長く続けるなんて、思ってもみませんでした。でも、長く続けてほんとうによかったなと思います。なにしろ、穂村弘さんという、おもしろい人を知ることができました。お互い短歌を作っていなければほとんど接点がなかったのに、短歌を通じてなら、何時間でも何日でも、話していられました。短歌を送って、短歌で返事をもらったこともあります。穂村さん以外にも、そういうことができる人が何人もできました。

わざわざ言葉を型にはめてコンパクトな詩型にしたのに、それを何時間もかけて語りあって読み解こうとするなんて、なんとも奇妙で、非効率的なことだと思います。でも、なんというか、その奇妙で非効率的なことが楽しくて仕方がないんです。だって、奇妙さゼロ、効率百パーセントな世界は、おもしろくないですよね。

この世のどこかで、だれかがそっと形にした一首の短歌。それは、短歌でなければ残せなかった心です。残してくれなければ、知ることのできなかった感覚、時代の気分、世界観がつまっています。

この本では、そうした短歌をいくつかの項目に分けて語りあい、それぞれの角度から見えてくる人間の心や時代性を探りました。

私たちの意見に、なるほど、と思うこともあれば、それは違う！　と声を上げたくなった部分もあるかもしれません。いずれにしても、新しく何かを考えるきっかけになれば、とてもうれしいです。

東　直子

本書収録の短歌の著作権者の方で、ご連絡のつかない方がいらっしゃいました。
お心当たりの方はご連絡ください。

ちくまプリマー新書

218 富士百句で俳句入門 堀本裕樹

古来より多くの俳人に詠まれてきた富士山。句に表現された風景を思い描き、移ろう四季や天気を感じてみよう。俳句は決まり事を知らなくても楽しい！

037 詩への道しるべ 柴田翔

短い詩一つの中に隠れている深くて広い世界、人間の心と暮らしのさまざまな在りよう。その秘密の扉を開くためのノックの仕方。詩の世界を楽しむための入門書。

053 物語の役割 小川洋子

私たちは日々受け入れられない現実を、自分の心の形に合うように転換している。誰もが作り出し、必要としている物語を、言葉で表現していくことの喜びを伝える。

106 多読術 松岡正剛

読書の楽しみを知れば、自然と多くの本が読めます。著者の読書遍歴をふりかえり日頃の読書の方法を紹介。さまざまな本を交えながら、多読のコツを伝授します。

033 おもしろ古典教室 上野誠

「古典なんて何の役にも立ちません！　私も古典の授業が嫌いでした！」こう言いきる著者が、「おもしろい」を入り口に、現代に花開く古典の楽しみ方を伝授する。

ちくまプリマー新書

021
木のことば　森のことば
高田宏
息をのむような美しさと、怪異ともいうべき荒々しさをあわせ持つ森の世界。耳をすますと、生命の息吹が聞こえてくる。さあ、静かなドラマに満ちた自然の中へ。

168
平安文学でわかる恋の法則
高木和子
告白されても、すぐに好きって言っちゃいけない？　切ない恋にあっさり死んじゃう？　複数の妻に通い婚？　老いも若きも波瀾万丈、深くて切ない平安文学案内。

076
読み上手　書き上手
齋藤孝
入試や就職はもちろん、人生の様々な局面で読み書きの能力は重視される。本の読み方、問いの立て方、国語の入試問題などを例に、その能力を鍛えるコツを伝授する。

273
人はなぜ物語を求めるのか
千野帽子
人は人生に起こる様々なことに意味付けし物語として認識することなしには生きられません。それはどうしてなのか？　その仕組みは何だろうか？

235
本屋になりたい
——この島の本を売る
宇田智子
高野文子絵
東京の巨大新刊書店店員から那覇の狭小古書店店主へ、沖縄の「地産地消」の本の世界に飛び込んだ。仕事の試行錯誤の中で、本と人と本屋について考えた。

ちくまプリマー新書318
しびれる短歌《たんか》
二〇一九年一月十日　初版第一刷発行

著者　東直子（ひがし・なおこ）、穂村弘（ほむら・ひろし）

装幀　クラフト・エヴィング商會

発行者　喜入冬子

発行所　株式会社筑摩書房
東京都台東区蔵前二-五-三　〒一一一-八七五五
電話番号　〇三-五六八七-二六〇一（代表）

印刷・製本　中央精版印刷株式会社

ISBN978-4-480-68916-0 C0292 Printed in Japan

chikuma primer shinsho